SIGNATURES

FRANCK SIMON

SIGNATURES

© Franck Simon, 2024

Autoédition

ISBN : 978-2-3225-5507-9
Dépôt légal : Décembre 2024

Crédits couverture : Bernard Ribou

Édition : BoD · Books on Demand GmbH,
In de Tarpen 42, 22848 Norderstedt (Allemagne)
Impression : Libri Plureos GmbH, Friedensallee 273, 22763 Hamburg (Allemagne)

Il n'y a pas d'âge pour réaliser ses rêves.

Prologue

Paris, mars 2020.

Une année qui restera gravée à jamais dans l'histoire du vingt et unième siècle, un mélange d'angoisse, de stress, d'attente, d'enfermement, mais aussi de solidarité, d'entraide et de partage.

Avant tout.

C'est l'histoire de trois frères bien particuliers.

Avant tout, je vais vous les présenter, ainsi qu'une partie de leurs vies atypiques.

L'un s'appelle Jordan, l'autre Hervé, dit « Vévé », et le dernier des trois, Benjamin, dit « Benji » pour les plus intimes.

Les garçons descendent d'une très riche et noble famille, à la fortune colossale et à la généalogie impressionnante, compte des comtes et comtesses ainsi que des ducs et duchesses.

Les trois frères sont nés à Paris, en automne, au mois de septembre 2001, le même jour, mais à des minutes différentes.

Eh oui ! La mère a accouché de triplés. Les parents étaient aux anges !

Une grande famille, c'est beaucoup de travail, entre les biberons et les couches, mais elle représentait un pur bonheur pour ces jeunes parents. Trois mois et demi passèrent pendant lesquels les amis, les proches se rassemblaient afin de les aider à s'occuper des enfants.

Peu avant Noël, les grands-parents maternels des petits vinrent leur prêter main-forte.

À peine arrivés chez leur fille et leur gendre, ils leur proposèrent de profiter d'une soirée en amoureux. Les parents se regardèrent et, d'un signe de la tête, acceptèrent l'offre.

Les aïeuls se sentirent ravis de cette confiance accordée.

Au bout d'une heure, les parents furent enfin prêts pour partir au restaurant.

S'ensuivirent de merveilleux moments... Petit dîner aux chandelles du côté de la tour Eiffel, une promenade à pied sur l'esplanade du Trocadéro, et un dernier petit verre sur les Champs-Élysées en admirant les illuminations.

Ultime photo souvenir du haut de l'Arc de Triomphe, vue plongeante sur la plus belle avenue du monde ainsi parée.

Mille lueurs, la magie des fêtes, les marrons et châtaignes grillés embaumant le coin des rues, les chants de Noël diffusés par les haut-parleurs de la ville de Paris, la beauté des marchés artisanaux et surtout les manèges laissant entendre au loin le rire des enfants.

Après cette superbe soirée, tous deux se dirigèrent tranquillement vers leur voiture. Au moment d'y monter, quatre hommes semblant malfamés foncèrent froidement sur eux, les jetèrent à terre et l'un attrapa la femme par les cheveux, tout en lui bloquant la bouche avec l'une de ces mains gantées.

Avec l'aide d'un des quatre malfaiteurs, il la mena dans une voie sombre, puis d'une extrême violence, il la désabiha et la viola, pendant que les deux autres frappèrent le père de toutes leurs forces jusqu'à ce qu'il ne respire plus.

Une fois la mère violée, ils égorgent leurs victimes à l'aide d'un cutter.

Les tueurs fuient à toute vitesse, en traversant les axes de Paris comme des fous.

Silence, une mare de sang coulait le long du trottoir, les deux corps allongés sur un sol gelé... C'était horrible !

Pendant ce temps, les grands-parents regardaient la télévision, les bébés dormaient à poings fermés.

Mais la grand-mère commença à s'inquiéter de ne pas voir sa fille et son gendre rentrer.

D'un coup, le téléphone de la maison sonna. Ils bondirent du canapé et se dirigèrent tout droit vers ce téléphone de couleur rouge.

— Décroche ! dit la femme, inquiète, à son mari.

— Allô ! répondit-il d'une voix fluette.

— Oui, bonsoir, monsieur. C'est la police du seizième arrondissement de Paris. Vous êtes bien les parents et les beaux-parents.

— Oui! l'interrompit-il.

Son visage commençait à pâlir. Son épouse lui tint l'avant-bras, se mordant les doigts de l'autre main.

— Oui, pourquoi?

— Désolé de vous déranger à cette heure si tardive. Nous avons une mauvaise, une très mauvaise nouvelle!

— Je vous écoute, Monsieur, mais...

Pardon, qui êtes-vous ?

— La police de Paris, monsieur.

— Ah oui! Pardon, monsieur... C'est ma fille et mon gendre, reprit-il, tout tremblant.

— Oui, monsieur. Malheureusement, votre fille et votre beau-fils ont été retrouvés sauvagement assassinés en pleine rue, non loin de leur véhicule.

Le grand-père, bouleversé, regarda sa femme et serra fortement son bras, avant que ses yeux tournent et qu'il tombe dans les pommes.

Le téléphone pendant laissa entendre la grand-mère en pleurs hurler le prénom de son mari.

— Aidez-moi, aidez-moi... À l'aide, au secours!

Le policier appela immédiatement de son poste de commandement les pompiers et une patrouille pour intervenir rapidement au domicile des parents.

— Madame, la police et les pompiers arrivent, ne bougez pas, on fait vite.

L'homme resta en ligne le temps que les secours parviennent sur place et entendit les sanglots déchirants de cette dame.

Au bout de quelques minutes, il perçut une sirène.

Il décida de raccrocher et recontacta ses collègues par talkie-walkie, les informant que les pompiers venaient de gagner la propriété.

Tandis qu'ils se rendaient sur les lieux du drame, un des policiers découvrit un sac appartenant à la victime. À l'intérieur se trouvait un carnet avec des numéros de téléphone et un mot disant :

« N'oublie pas d'appeler mes parents à la maison quand on rentrera. »

La mère des triplés prenait toujours des petites notes, évitant d'oublier quoi que ce soit.

La police et le SAMU restèrent sous le choc devant la gravité et l'acharnement de violence.

De leur côté, les secours ne purent malheureusement rien entreprendre pour sauver le grand-père, son cœur s'étant arrêté brusquement à cause de la nouvelle concernant du drame.

La grand-mère était montée à l'étage pour bercer les petits qui s'étaient réveillés. Pas facile, quand trois bébés commencent à hurler en même temps! De jeunes pompiers volontaires lui donnèrent un coup de main.

Un policier prit le bras de la grand-mère, la dirigea sur un magnifique rocking-chair contemporain en rotin, puis, avec une grande philosophie tout en cherchant ses mots, lui annonça l'horrible tragédie.

– Qui va s'occuper de mes petits-enfants ? cria-t-elle, dévastée par le chagrin.

Quelques jours après le drame et le décès brutal de son époux, étant toutes très croyantes, des obsèques furent célébrées à l'église de la Madeleine à Paris.

Tout le reste de la famille, les amis, les voisins, les collègues étaient présents, l'édifice était plein, et surtout, on pouvait percevoir le soutien et la tristesse de la population à cette terrible tuerie.

Une enquête était ouverte pour trouver des alibis et les meurtriers.

Peu de temps après l'enterrement, la grand-mère fut placée dans un hôpital psychiatrique de Paris, à Hauteville, et les triplés furent ballottés de famille en famille.

Malheureusement, la pauvre dame ne s'alimentait plus, ne se lavait plus et n'avait plus aucune envie de vivre, malgré sa fortune... Et elle mourut de chagrin.

Elle quitte cette vie pour rejoindre sa fille, son mari et son beau-fils.

Que de beaux souvenirs! Des moments merveilleux, extraordinaires, toujours éclairés par un rayon de soleil dans cette famille. Mais aujourd'hui, la vie a littéralement basculé en un éclair.

La famille maternelle était très riche.

Par contre, celle du côté du père, au contraire, il a grandi dans une famille plus modeste seul avec sa mère.

Son père, qu'il préfère appeler son géniteur lorsqu'il en parle, s'était éloigné peu de temps avant sa venue au monde.

Il ne l'a jamais vu que par des photos que sa mère possède.

Malheureusement, sa mère a eu beaucoup de difficultés à élever son fils. Elle enchaînait les emplois et vivait d'aides gouvernementales. Elle buvait trop et consommait des drogues, ce qui entraînait de mauvaises fréquentations, parfois même violentes.

Mais elle a tout fait de son mieux pour son fils. Elle l'aimait énormément.

Mais un soir, elle fait une très mauvaise rencontre et elle mourra d'une overdose.

À la disparition de sa mère, il avait à son époque à peine la majorité. Doué tout au long de sa scolarité. Il décida de persévérer dans ses études du mieux qu'il pouvait tout en exerçant plusieurs petits emplois.

Il dormait très peu, il a énormément travaillé, il ne voulait en aucun cas connaître ce qu'il a connu tout au long de son enfance. Par sa sueur et sa volonté de réussir, au fil des années, il est devenu un homme d'affaires ayant de grandes responsabilités.

Pour son activité professionnelle, il était amené à voyager souvent. Des milliers de kilomètres parcourus.

Leur mère était une femme d'une grande intelligence, douce, toujours coquette, bien habillée. La preuve de son métier d'avocate connue internationalement, elle s'était fait une renommée qui l'amena à se déplacer énormément.

Respectée par les siens, d'une force inexplicable, elle se battait contre l'alcoolisme des conducteurs et avait même fondé une association pour combattre ce fléau. Elle plaidait au mieux les affaires au Tribunal de grande instance de Bobigny.

C'étaient des gens charmants... adorables.

Mais le destin en décida différemment.

À la suite des décès des parents et des grands-parents, toute la famille avait perçu une grosse somme d'argent. Les frères et sœurs maternels ont obtenu la garde des triplés.

Ils étaient les parrains et les marraines des petits. Sauf que les triplés allaient vivre un véritable enfer dans ces familles.

Ils allaient connaitre une dureté et une méchanceté incroyables, une éducation mélangée de violence, d'agressivité et de peu d'amour. Des soirées noyées dans l'alcool, la musique était si forte que les enfants n'arrivaient pas à dormir et même les gens du quartier n'en pouvaient plus. Ces familles habitaient dans le même quartier. Ils avaient la folie des grandeurs, ils ont dépensé tout l'argent en achetant des voitures, des motos, ils passaient leurs vies aux jeux dans les casinos, des soirées de parties de poker à n'en plus finir et de toutes les autres dépenses astronomiques.

La folie durera pendant deux années consécutives, jusqu'au jour où ils se sont retrouvés sans un sou.

Ils étaient tous ruinés et n'arrivaient plus à gérer leur vie, avec leurs propres enfants et les garçons.

C'était devenu une catastrophe, une déchéance totale.

Ils sont passés du luxe à la misère.

Ils ont tout perdu du jour au lendemain.

Des plaintes répétées de voisins du même quartier ont attiré l'attention sur ce qui se passait, ce qui m'a poussé à m'adresser à la gendarmerie. Ils décidèrent pour sauver les enfants de bas âge de contacter les services sociaux.

Après avoir effectué plusieurs visites au domicile où vivaient les garçons, nous avons été témoins de la maltraitance et de l'abandon dont ces enfants étaient victimes. Une assistante sociale escortée par plusieurs gendarmes vint récupérer les triplés pour les placer dans des familles d'accueil séparément, à la demande d'un juge pour enfants. À compter de ce jour, ils faisaient partie de l'assistance publique.

Pendant plusieurs années, ils ne connurent pas de stabilité, passant de foyer en foyer.

Le temps de leurs internats, chacun d'entre eux entama des recherches pour se retrouver et vivre enfin ensemble définitivement et à jamais. Ne plus être séparés.

Arrivés à leur majorité, en septembre 2019, les triplés furent de brillants étudiants.

Un soir, ils reçoivent une convocation provenant d'un notaire de Paris.

Avant d'aller au rendez-vous chez ce notaire, les éducateurs vont aider les garçons à réaliser tous les papiers administratifs à fournir concernant leurs héritages que leurs parents leur ont légués et dont le montant est colossal.

Le jour important arrive enfin! Chaque jeune est accompagné de son éducateur et se rend au rendez-vous.

Chacun des garçons est bien présentable et respectueux face au notaire.

Le notaire leur dicte le testament écrit par leurs parents.

Les yeux des garçons restent ébahis par le nombre de biens et d'une forte somme d'argent qu'ils allaient posséder de plus et, vu que leur mère et leur père n'étaient plus de ce monde, ils allaient hériter de la part des grands-parents.

Une fois la rencontre avec le notaire terminée, les éducateurs proposent aux triplés de se réunir dans une brasserie parisienne.

Des retrouvailles joyeuses eurent lieu autour d'un verre.

Un long silence s'installa à leur table, rompu seulement par la voix du serveur qui hurlait chaque fois qu'il recevait un pourboire.

Ils se mirent à rire aux éclats et trinquèrent.

Un des frères entama la discussion.

Les triplés se séparent au bout de cet échange de joie pour retrouver leurs foyers.

Au bout de quelques jours, les garçons se retrouvent au cimetière du Père-Lachaise à Paris pour se recueillir en amenant une immense gerbe de fleurs en mémoire de leurs parents et de leurs grands-parents.

Quant aux quatre meurtriers, qui ont commis ces homicides volontaires, se rendent à leurs jugements.

Qui sont ces meurtriers et pourquoi ont-ils commis cet acte atroce ?

Ces meurtriers se sont connus en prison, car ils ont déjà été condamnés à maintes reprises pour des faits de cambriolage avec le port d'une arme à feu. Différentes condamnations pour avoir revendu de la drogue en France et en Espagne, ils ont été condamnés pour conduite en état d'ivresse avec délit de fuite et refus d'obtempérer, et sans compter le reste des délits.

Ces meurtriers avaient soigneusement préparé et commandité leurs vengeances envers l'avocate qui les a fait condamner.

- Pourquoi ? leur demande le juge de la Cour d'assises. En réalité, ces messieurs ont exprimé leur profond mécontentement face à leur verdict, comme ils l'ont fait savoir à la cour.

Donc, une fois arrivés pour la énième fois en prison, cette fois-ci, ils s'étaient promis de se venger par n'importe quel moyen.

Tout le monde est sous le choc.

La sentence fut rendue après quelques jours. Ils furent condamnés à trente ans de prison.

Les jeunes demandent à leurs éducateurs d'avoir une soirée libre entre frères.

Vu qu'ils sont majeurs et que les éducateurs n'ont eu aucune remarque à faire sur le comportement, ils acceptent.

Les triplés sont devenus riches. Ils se préparent pour une soirée mémorable : restaurant, boite de nuit, petit tour en péniche, visite du centre-ville.

— Vévé, dit à ces frères ! J'aurais une surprise ce soir.

Les deux autres curieux veulent savoir.

Vévé les regarda et leur sourit, puis dit.

— À ce soir, mes frères, je vous aime.

Les garçons se retrouvent le soir dans un restaurant situé dans la plus belle avenue du monde.

Les garçons commandent leur repas, puis Vévé tout souriant présente deux feuilles, dont des compromis de vente pour l'achat de deux appartements.

Le premier se situant dans le quatorzième et l'autre dans le huitième arrondissement de Paris.

Benji et Jordan sautent de joie.

Afin de bien terminer dans une des brasseries de la capitale, les trois frères boivent un dernier verre, appellent un taxi, puis attendent dehors en se serrant fort les uns contre les autres.

Quelques mois passent et une nouvelle année arrive à grands pas.

Les triplés célèbrent leur ultime réveillon de Noël 2019 chacun dans le cocon de leur foyer, exprimant ainsi leur gratitude envers les éducateurs et les camarades qui ont partagé leur jeunesse.

Puis s'enchaine une semaine après le Nouvel An.

Bonne et heureuse année 2020.

Trois mois passèrent.

En ce 15 mars 2020, c'est enfin un jour mémorable pour les garçons, car ils ont en leur possession les clés de leur appartement. Après tant d'attente et d'impatience, ils peuvent enfin ouvrir la porte de leur nouveau chez eux, symbole de leur indépendance et de leur autonomie.

Les jeunes arrivent à leur domicile en taxi.

L'un d'eux paie le chauffeur et claque la portière de la voiture en le saluant.

Tous trois se tiennent par le cou, lèvent la tête au ciel, non... Ils se dirigent vers le sommet de l'édifice, le sourire aux lèvres, et s'engouffrent ensemble dans l'entrée. Ils filent à toute allure dans le hall revêtu de marbre et gravissent les escaliers par deux.

Essoufflés, ils arrivent face à leur nouveau logement, ils tournent la clé, poussent la porte... Les voilà enfin chez eux !

Émerveillés par la grandeur et la beauté de la pièce principale, ils pénètrent à petits pas, admiratifs.

Les jours suivants, les garçons commencent à s'installer, à recevoir leurs meubles et leurs décorations.

Partie de cartes.

Les garçons se sont bien installés dans leur nouvel appartement, prenant le temps de disposer leurs affaires avec soin et de décorer chaque pièce selon leurs goûts respectifs.

Ils prennent le temps de s'habituer à leur nouvel environnement, puis Benji prend la décision de se rendre dans un restaurant de cuisine orientale.

Ils se dirigent vers un restaurant spécialisé dans la cuisine traditionnelle du Maghreb, plus précisément dans la préparation du couscous, qui est situé à proximité du théâtre Déjazet.

Ils ont trouvé l'adresse de cet établissement en effectuant des recherches sur Internet.

Les garçons qui sont devenus de jeunes hommes empruntent le métro parisien, un moyen de transport souterrain très populaire dans la capitale française, afin de se rendre à la station République, située au cœur de la ville et connue pour son animation et sa diversité.

Une fois qu'ils ont atteint leur destination, ils sont chaleureusement accueillis par le propriétaire de l'établissement.

Une serveuse vêtue d'une magnifique tenue orientale, composée de tissus colorés et de motifs traditionnels, s'avance gracieusement vers le garçon attablé et lui présente avec élégance les cartes des plats et des boissons disponibles au restaurant. Le restaurant, avec sa décoration raffinée et ses couleurs chatoyantes, évoque un véritable voyage sensoriel en Orient.

Les saveurs exotiques et envoûtantes des plats ainsi que les parfums enivrants qui s'en dégagent transportent les convives dans une ambiance authentique et dépaysante.

Lorsque la serveuse revient à la table, chaque convive prend le temps de passer sa commande de couscous, en optant pour une variété différente pour chacun. Pendant ce temps, les hommes décident de commencer leur repas en prenant un apéritif.

Dans la cuisine, les arômes envoûtants des différentes épices utilisées pour préparer le repas emplissent l'air, créant une atmosphère chaleureuse et accueillante.

Deux heures et demie plus tard, les garçons paient et félicitent le restaurateur pour leurs fabuleux plats.

Après les salutations, ils se dirigent immédiatement vers la station de métro, en direction de leur appartement.

Au moment de reprendre le métro, une information vient d'apparaître sur tous les opérateurs, des portables, des chaînes télévisées, des radios, des panneaux d'affichage, etc.

Une information tombe alors. Le Premier ministre vient d'annoncer qu'à partir de ce soir minuit, les restaurants, bars et discothèques fermeront, et ce, jusqu'à nouvel ordre.

La station du métro Porte d'Orléans, située sur l'avenue du général Leclerc, est à Paris.

Il est 23 h 45 quand les triplés retrouvent leur logement et finissent la soirée autour d'une bonne bière bien fraîche.

Le 17 mars 2020, une nouvelle importante change la vie du monde entier, mais surtout celle des Français.

Depuis plusieurs jours, les médias ne cessent de parler d'un phénomène qui va bouleverser la vie humaine.

Tout le monde pensait que cela ne durerait pas longtemps, mais, en fait, ce phénomène, qui a touché le monde entier, aura duré plus longtemps.

Au fil du temps, les médias ont annoncé de nouveaux rebondissements...

Un virus... Mais lequel ? Et comment est-il arrivé si vite sur le sol français ?

Le pays bascule dans un confinement général alors que plusieurs États le sont déjà.

Voici quelques dates qui ont marqué l'histoire de cette pandémie impressionnante.

Une mesure sanitaire mise en place par le gouvernement français à trois reprises afin de freiner la diffusion du coronavirus 2019 en France :

du 17 mars au 11 mai 2020 non inclus, soit 1 mois et 25 jours ;

du 30 octobre au 15 décembre 2020 non inclus, soit 1 mois et 15 jours ;

Du 3 avril au 3 mai 2021 non inclus, soit 28 jours.

Un mois passe. Les garçons mènent leurs petites vies.

Un jour d'avril 2020, la vie des citoyens change littéralement.

Paris était devenu désert depuis plusieurs jours, comme toute la nation.

Ce virus défraie la chronique d'une part journalistique et d'autre part celle de la médecine.

Les hôpitaux se trouvent saturés de malades, les cas se multipliant à une vitesse vertigineuse. On parle même de morts par dizaines. Le bilan s'alourdit quotidiennement.

Dans l'appartement, les trois garçons se retrouvent autour d'une table. Enfermés depuis un mois, ils ont eu l'idée de créer un jeu de société simple nécessitant uniquement un tapis, des cartes et trois dés. Il a la particularité de n'avoir été créé que pour les trois frères.

Malgré leur nouveau train de vie, ils n'ont pas oublié l'assassinat sauvage de leurs parents ni les conditions dans lesquelles ils ont grandi. Des images leur revenaient sans cesse dans la tête.

Chacun des garçons a vécu des coups de différentes manières : des gifles au visage, des fessées laissant des traces vives, des coups de ceinture, l'interdiction de manger un dessert, l'obligation de faire toutes les tâches ménagères tout en subissant des insultes et des humiliations.

C'est la raison pour laquelle les garçons ressentent une haine profonde pour eux, surtout Benji, qui ne lui pardonne jamais rien. Une rage de venger ses parents et du mal qu'il subit.

Alors, même s'ils ont tout pour être heureux, ils veulent de l'action.

De la vengeance.

Une fois leur jeu créé, il est l'heure pour eux de l'essayer. Son but est de faire apparaître trois fois le même chiffre ou trois chiffres consécutifs. Un des jeunes jette les dés.

Le joueur doit piocher une carte de couleur rouge indiquant la marche à suivre.

Sur cette fameuse carte figure une arme, telle qu'un couteau de boucher ou tout autre objet.

Le tapis porte l'inscription « À vous de jouer » et, par exemple, un couteau de boucher.

Que le jeu commence.

Un nouveau joueur lance les dés, fait la suite de chiffres, pioche une carte rouge, lit la carte et la pose sur le tapis sur l'image concernée.

Puis l'un des frères lance les dés, mais ne parvient pas à faire l'une des combinaisons gagnantes.

Le perdant doit impérativement choisir une carte, mais là, de couleur noire.

Cette carte indique l'action qu'il devra exécuter.

Le jeune homme panique, ses yeux se focalisent sur cette carte. Il observe ces frères.

— Non! Désolé! Je ne peux pas, dit-il d'une voix rauque.

Si! Tu n'as pas le choix, tu as signé un pacte.

— Mais non, le garçon jette les cartes et crie.

— Je m'en vais.

Le perdant quitte la pièce et claque la porte de l'appartement. Ses deux frères se regardent, dégoûtés.

Qui verrez-vous? Dis l'un d'eux.

— On va se coucher.

Ils se regardent, puis jettent un coup d'œil à la carte pour voir ce qu'elle signifie.

Elle indique un bras mutilé et des veines sectionnées dans le sens de la longueur.

Ils rangent le jeu avant de rejoindre leur chambre.

Deux heures vingt du matin. Un homme crie, hurle et chante, la fenêtre ouverte. Depuis plusieurs nuits, les gens du quartier ne peuvent en aucun cas dormir sur leurs deux oreilles avec le brouhaha que provoque cet homme souvent alcoolisé.

Soudain, à deux heures trente-quatre, des coups de feu surgissent. Un homme hurle.

— Ferme ta gueule, sinon je vais te plomber.

Plus un bruit. Comme par miracle, les rues retrouvent leur sérénité.

Trois heures et demie, alors que les deux autres garçons dorment, le jeune homme rentre en silence et gagne la salle de bains pour se laver les mains, l'eau coule rouge.

Après un mois et un jour de confinement. Dix heures du matin, les triplés se réveillent et l'un d'eux ouvre les volets. Comme la veille, l'avenue est toujours déserte. Seuls quelques rares passants promènent leurs chiens et d'autres se livrent à leur footing, tous munis, comme il est obligatoire, d'une autorisation de déplacement.

Un des jeunes allume la télévision sur la chaîne de l'information et, comme au quotidien, depuis un mois, le virus est le sujet principal.

Les morts se multiplient.

Les hôpitaux, les CHU de France étouffent, manquent de lits et de personnel. Pourtant, le personnel infirmier est convoqué 24 heures sur 24, que ce soit à Paris, Lyon, Lille, Marseille ou Bordeaux. Même l'hôpital Pellegrin a été utilisé par l'armée. L'apocalypse.

Un des jeunes se met à la fenêtre, allume une cigarette et aperçoit au loin plusieurs voitures de police mal garées face à un immeuble et les pompiers qui arrivent à grande vitesse.

Curieux, il siffle les deux autres garçons.

— Eh ! Venez voir, on dirait que c'est chez le type qui criait depuis un moment.

En effet, celui-ci est retrouvé mort chez lui, un bras mutilé et les veines sectionnées à l'aide d'un couteau.

Mais l'arme du crime ne se trouve plus sur place.

Un jeune commissaire divisionnaire, charmant jeune homme aux grands yeux verts en amande, petite barbe bien taillée, portant un jean, une chemise, un blouson en cuir et des mocassins marron clair, se rend sur les lieux du drame.

Il arrive dans le studio, baisse la tête, s'agenouille et lève le drap que les pompiers avaient mis sur le cadavre. Il constate le décès sans s'attarder.

Aucune effraction n'a été commise, tout était en règle. Le policier discute avec le médecin légiste pour confirmer la cause de la mort.

Suicide. Ce dernier pense qu'il s'agit d'un suicide.

Des photos sont prises, le corps de l'homme d'une cinquantaine d'années est transporté à la morgue du douzième arrondissement, située le long du quai de la Rapée.

Une autopsie sera réalisée sur le défunt pour savoir ce qu'il s'est vraiment passé.

Dans l'appartement des jeunes, l'un d'eux remplit une attestation de sortie pour une heure pour soi-disant aller courir, faire du footing, mais, en fait, c'est pour faire le curieux.

Au moment où il se dirige vers l'immeuble où le drame s'est produit, le commissaire en sort et regarde de droite à gauche pour retrouver son coéquipier.

En marchant droit vers ce dernier, les yeux du policier et du jogger se croisent, un regard tendre. Il faut dire que le sportif est beau, mat de peau, musclé, et arbore un petit sourire malicieux.

Le commissaire grimpe dans sa voiture de service quand, soudain, une jeune collègue l'interpelle en tapant sur la vitre du côté passager.

— Monsieur le commissaire, excusez-moi...

— Oui ? lui répond-il en baissant le carreau.

— Monsieur, nous avons trouvé un indice particulier dans l'appartement.

Le gradé descend du véhicule et avance à vive allure et en silence, tête baissée. Il monte deux par deux les marches jusqu'au dernier étage.

La porte du logement est grande ouverte et il distingue face à lui un signe sur le bas du mur du salon, une lettre minuscule inscrite avec le sang de la victime.

Le commissaire impose alors à toutes les équipes encore présentes de trouver le moindre indice.

Juste avant, il se penche par la fenêtre ouverte et remarque ce jeune qu'il a croisé, assis sur le bord d'un trottoir face à l'immeuble avec des écouteurs aux oreilles et des lunettes de soleil. Habillé d'un survêtement avec une capuche et d'une casquette, celui-ci relève la tête à ce moment et l'aperçoit.

Leurs regards se scrutent.

Le commissaire décide de mener une enquête de voisinage. Dès qu'il débouche dans la rue, le jeune homme est déjà loin.

Le sportif rentre et remonte à toute vitesse les escaliers pour retrouver ses frères.

— Alors où étais-tu ? lui demandent les deux autres.

— Je suis allé courir, leur répond-il, essoufflé. Mais je peux juste vous dire que le voisin du fond de l'avenue est bien crevé.

— Ah bon ? disent-ils en chœur.

— Au moins, il ne nous ennuie plus avec ses cris de mort. L'un d'entre eux éclate de rire et tout le monde se met à rire.

Les journées passent, longues, sans rien de particulier à faire. Enfermés depuis un mois, les jeunes commencent à trouver le temps long, tout comme le reste de la population.

Le soir, ils commencent à préparer à manger, puis décident de s'occuper après le repas, de regarder les informations et de s'adonner à une partie de leur nouveau jeu.

L'un fait alors la vaisselle, l'autre est parti se doucher et le troisième sort la table avec le fameux jeu pour jouer à la nuit tombée, comme le règlement l'exige.

Les trois fument une cigarette, s'installent devant des bières, des sodas, des biscuits apéritifs, prêts à jouer.

Mais qui sont vraiment ces garçons ; ils ont chacun une personnalité.

Hervé, également connu sous le nom de Vévé , se distingue par son style unique en matière de mode. Un homme séduisant pour les femmes, charmant, il détient un aspect réservé. Parfois, il joue avec son côté introverti.

Alors que son frère aîné, Benjamin, surnommé « Benji », est plutôt beau séducteur, avec son style vestimentaire gay impeccable et ses cheveux qui passent du blond au gris, il se distingue de ses frères par son caractère bien trempé. Il est réputé pour être rusé, très malin et calculateur, avec un regard froid et impénétrable.

Et! Sans oublier le dernier de la fratrie, Jordan. Alors, lui est un garçon rempli de sensibilité, d'amour, de partage, de joie. Un garçon qui aime la vie, il la croque à pleines dents, il a ce côté extraverti, les vêtements hauts en couleur, flashés. Jordan est un garçon qui adore le contact, très tactile.

Pendant ce temps, au commissariat central du quatorzième arrondissement de Paris, situé sur l'avenue du Maine, dans un bureau mal rangé où des papiers éparpillés côtoient des piles de dossiers, le gradé retrace le parcours de l'individu retrouvé mort. Il prend son portable et contacte la morgue pour en savoir un peu plus sur les causes de son décès.

— Désolé, je n'ai pas eu le temps de m'occuper de ce monsieur, rappelez-moi plus tard, se voit-il répondre froidement.

Quelque chose chagrine le commissaire, mais quoi ?

Il se fait tard, il décide de rentrer chez lui tout en ayant rempli une autorisation de déplacement.

De retour, il ouvre son réfrigérateur, prend un plat sous vide et le chauffe au four à micro-ondes.

Le célibataire se met à l'aise, presque nu, en caleçon aux couleurs du drapeau américain, une musculature bien dessinée.

Il se pose avec son repas minute face au téléviseur et zappe les chaînes.

Au bout d'un moment, le jeune commissaire se douche, l'eau ruisselle sur son corps. Le téléphone sonne, il ne l'entend pas. Puis à deux reprises. Pas de message.

Pendant ce temps-là, les triplés commencent une nouvelle partie.

Le premier tire une carte rouge et la met sur le tapis de jeu et fait immédiatement les mêmes chiffres, criant légèrement.

« Ah bien ! »

Cette carte est un joker, un point d'interrogation, elle signifie que le joueur est libre de faire ce qu'il veut.

Les autres jouent à leur tour. Ils font aussi trois fois le même chiffre. C'est leur jour de chance.

Ils prennent également une carte rouge et la posent sur le tapis. Ce jeu est très rapide, car ils ne peuvent jouer qu'une seule fois.

— Aujourd'hui, c'est repos! dit-il, en glissant un petit sourire mesquin, provoquant l'hilarité générale.

Mais au fait, qui sont ces trois jeunes qui cohabitent dans ce bel appartement? Les voisins s'interrogent.

Sont-ce des frères, des amis, font-ils partie de la même famille ? Qui ?

Eh non! Les voisins n'ont jamais vu sur le palier ou dans le hall.

Ces trois discrets ont une particularité : chacun porte le même signe, une tache de naissance, une cicatrice, une brûlure... Je vous le dirai, ne vous inquiétez pas.

En attendant, ce soir, ce sera calme, le commissaire s'est endormi paisiblement, tout comme les trois jeunes frères.

En pleine nuit, l'un de ces derniers se réveille en sursautant dans son lit, en sueur. Un cauchemar.

Il se voyait dans l'appartement de l'homme retrouvé mort, le bras mutilé et les veines tailladées.

Il se lève, prend un verre d'eau et se tourne tout en buvant. Il fixe la table. Le jeu n'est pas rangé. Il s'assoit et décide de faire une simple partie seul, ses frères dormant à poings fermés.

Il lance les dés et échoue. Il regarde le petit tas de cartes, mais de couleur noire, celle des perdants. Il prend une carte et lit ce qui est indiqué.

Le jeune se décide à se lever et à sortir prendre l'air.

Le jeune marche tout en essayant de ne pas se faire contrôler par la police, car, tous les soirs, il y a un couvre-feu obligatoire dans les villes.

Dans une ruelle, il aperçoit deux hommes qui parlent. Les deux hommes l'interpellent en demandant s'il vend du cannabis. De suite, il refuse, mais les jeunes d'un coup s'emballent et se mettent à bloquer le jeune contre un mur et commencent à l'agresser à l'aide d'une machette. Celui-ci se défend sans hésiter et arrive à attraper la machette. Quand, soudain, il lui vient une profonde pulsion de haine. Il frappe ces agresseurs avec une arme, directement au cœur d'un d'entre eux et l'autre d'un coup fatal à la tempe. La mort est subite. En un coup à chacun, il arrive à les tuer.

Les agresseurs tombent net, une mare de sang s'écoule lentement dans un caniveau.

Dans la rue, tout est calme.

Le jeune garçon court à toute vitesse, la machette à la main et rentre.

Au loin, il entend le cri d'une femme.

La dame est face aux deux corps étalés en pleine rue.

Quelques heures plus tard, il rentre. Un de ses frères se lève ayant entendu les clés tourner deux coups dans la grosse serrure de sécurité.

Il se frotte le visage et les yeux avant de voir l'arrivant dans le couloir de l'appartement.

— Tu es sorti ? lui demande-t-il.

— Oui.

— Où étais-tu ?

Je me suis promené.

— Mais tu sais qu'on n'a pas le droit !

Les jeunes partent se coucher.

La nuit tourne quand, soudain, à six heures du matin, la sirène des pompiers retentit dans le quartier, réveillant le frère qui dormait profondément. Il se lève et se met à râler.

— Qu'est-ce qui se passe ?

— Bien, la nuit s'est mal passée !

Il s'allume une cigarette. Un autre, à moitié ensommeillé, ouvre à peine les volets tandis que le troisième a plongé nu sous la douche, les mains remplies de sang.

Du haut de leurs fenêtres qui donnent sur le fond de la rue, ils aperçoivent deux corps à terre et trempés de sang.

En peu de temps, la voie se libère, ne laissant que les deux corps, toujours au sol, mais maintenant refroidis. L'un d'entre eux se tenait entre deux voitures et l'autre était étendu sur le trottoir d'en face.

Au bout de deux minutes, ils entendent au loin d'autres avertisseurs, ceux des pompiers, suivis de ceux de la police, un brouhaha infernal d'une vingtaine de secondes résonne dans tout le quartier. Des sirènes retentissent partout, il y en a trop. Des portières claquent. Des hommes et des femmes en uniforme courent dans tous les sens.

D'une part pour quadriller et bloquer les rues à l'aide de longs bandeaux signalétiques, d'autre part pour identifier les victimes.

Deux hommes d'une quarantaine d'années. L'un est brun, grand, mince, il a des tatouages sur les deux bras. L'autre est chauve, il est plutôt gros, il a un piercing à l'arcade.

Les deux portaient de hauts rangers en cuir de couleur noire et des vêtements dans le style skinhead.

Un des voisins sortant son chien l'a trouvé et a aussitôt alerté les autorités.

Un jeune policier interroge cet homme.

— Oui, la seule chose dont je me souviens, c'est d'avoir vu ces corps, lui répond-il. Il me semble avoir aperçu une silhouette vivante portant une capuche, longeant le trottoir, tête baissée, disparaître rapidement.

Soudain, alors qu'au loin on distingue deux draps blancs déposés sur les cadavres, une grosse berline de couleur grise, avec à son bord le jeune divisionnaire du quatorzième arrondissement, arrive sur les lieux, suivie du camion des pompes funèbres.

Les lumières des appartements s'allument, une par une. Les volets s'ouvrent, les fenêtres aussi. Les voisins communiquent entre eux et ne comprennent pas ce qui a pu se passer. Pourtant, d'habitude, cette rue est très fréquentable et agréable.

Le commissaire s'approche des deux corps et demande au médecin légiste présent sur place, le même que la veille, les causes et les raisons de ce drame.

C'est sûrement un règlement de compte. Les coups ont été portés par une arme tranchante, comme une épée, une hache ou un couteau. Le médecin légiste indique au commissaire qu'il examinerait les corps tranquillement, qu'il aurait beaucoup plus de temps.

Le commissaire, intrigué, demanda à un des policiers sur les lieux où se trouvait l'arme du crime.

— Aucune idée, monsieur.

— Comment ? Hausse-t-il le ton ?

Du haut de l'immeuble, un des jeunes garçons referme les volets discrètement.

Les trois boivent un verre d'eau et se replongent pour deux d'entre eux dans leurs lits et s'en roulent dans leurs draps encore chauds.

Le troisième, comme à son habitude, se pose sur le grand canapé en regardant le plafond, lance un sourire mesquin, puis s'endort.

En bas, le brouhaha perdure.

Le commissaire fait le tour des lieux et de la rue pour trouver une pièce à conviction, une empreinte.

Rien, sauf une trace de sang, comme une lettre minuscule sur le capot d'une des voitures stationnées. Mais avec la pluie fine, pas évident de réellement définir s'il s'agit de la même lettre que celle décelée dans l'appartement du meurtre de la veille.

Encore en avril 2020, à la date du 20, il est MIDI.

Les volets s'ouvrent. À l'extérieur, des éclaircies illuminent Paris. Le temps est idéal pour faire un peu de sport.

Un des frères décide de s'habiller et de courir dans un rayon d'un kilomètre autour de son domicile pendant une heure.

On est toujours en plein confinement avec obligation de se munir d'une attestation pour toute sortie.

D'habitude, les jeunes vont faire leur jogging tous les trois, mais aujourd'hui, ils partent au parc Montsouris et dépassent largement la distance autorisée.

Un des triplés ne se sent pas bien, il est barbouillé, agacé, tourmenté, mais le troisième n'y prête pas attention.

Le commissaire revient sur les lieux des deux drames. Crimes, suicides... On ne sait pas trop.

Pour avoir vécu quelques années en Asie, le commissaire en a gardé des habitudes. C'est ainsi qu'il porte correctement son masque pour éviter d'être contaminé par le virus, provoquant les regards étonnés des gens qui l'entourent.

Une fois sur les lieux, il scrute avec grande précision le moindre indice mystère, mais rien, pas d'éléments supplémentaires. Il continue néanmoins son enquête.

Le 20 avril 2020, il est au repos.

Les jours passent.

Rue de Courcelles.

On est à la veille de la fin du confinement. Le temps change de jour en jour. Un jour, il fait beau ; le lendemain, il pleut.

On peut dire que ce confinement aura été une drôle d'épreuve, mais surtout au vu du nombre de morts impressionnant dans notre pays. Plus de vingt-cinq mille décès. Le pire, c'est que beaucoup de personnes n'ont pas pu être présentes aux obsèques de leurs proches.

Lundi 11 mai 2020 marque la fin du confinement.

Sur la rue de Courcelles, dans le huitième arrondissement de Paris, un superbe hôtel de luxe avec voiturier à l'entrée. En cette période, l'employé est en général tiré à quatre épingles, habillé d'un costume, d'un habit de cérémonie, d'un chapeau et de gants blancs. Il se tient droit, attendant l'arrivée des clients.

Mais pas de voiturier pour le moment, l'établissement est fermé jusqu'à nouvel ordre.

Face à ce bel hôtel, un immeuble muni d'une grande porte verte s'ouvrant électroniquement.

Midi et demi, heure du repas. Une berline noire, toute neuve, se présente en bas de ce bâtiment.

Les trois jeunes garçons en sortent, bien habillés, lunettes de soleil et gourmette... La classe.

Ils ont hérité d'une grosse fortune. Ils ont la possibilité de s'acheter des appartements, de belles voitures, ils peuvent se faire plaisir tous les jours s'ils le veulent.

Cet héritage provient de la descendance familiale. À l'époque, les arrière-grands-parents du côté de la mère avaient créé une usine d'écharpes, malgré leur compte de noblesse, puis en ayant fait fortune dans ce domaine, ils ont investi dans des biens et surtout dans l'immobilier à Paris.

Ils ont fait fluctuer l'argent pendant des années.

Puis les grands-parents ont tout vendu et ont investi dans les brasseries parisiennes.

Énormes succès et réussites.

L'argent coulait à flots, voilà pourquoi les jeunes sont devenus si riches. Leurs vies ont complètement changé.

Au moment où ils s'introduisent dans l'immeuble, des sirènes surgissent dans la rue, la voiture s'arrête légèrement devant la berline. Étant toujours en confinement, un des policiers regarde par sa vitre du côté passager et les aperçoit avant qu'ils reprennent leur chemin.

- Mais qui est ce chauffeur dans la berline ? Dans cette berline, le chauffeur s'appelle Elliot.

Elliot est engagé par les garçons pour les accompagner partout. Elliot est un garçon serviable et gentil.

Les garçons fixent l'entrée, puis pénètrent dans cet immeuble à l'architecture parisienne avec des escaliers magnifiques en colimaçon, un ascenseur à l'ancienne avec sa grille d'ouverture, le sol marbré.

Ils se retrouvent face à la porte de leur deuxième appartement, grand standing, vaste balcon, toit noir de Paris, une vue sur la rue de Courcelles d'un côté et de l'autre sur le haut de l'Arc de Triomphe.

Pendant ce temps, le commissaire continue ses enquêtes, mais malheureusement rien n'avance.

Le soir arrive, les triplés décident de se parler de leur jeu de société autour du repas.

En attendant que la nuit tombe, ils s'occupent comme ils peuvent. Passionné de cuisine, Jordan prépare un bon repas aux saveurs italiennes, qui sera prêt au bout d'une grosse demi-heure.

C'est un délice, les frères dévorent le plat. Une fois fini, l'un fait la vaisselle, l'autre prend l'air sur le balcon avec son portable, consulte son Facebook et son Instagram, et le dernier nettoie la table et installe le jeu.

Une fois qu'ils sont prêts, le mobile multifonction de Benji ne fait que sonner... Messagerie, SMS...

— Oh! As-tu une petite amoureuse? Jordan le taquine.

— Mais non... Je dois vous avouer une chose, le coupe Benji en rougissant.

Jordan et Vévé l'écoutent attentivement.

— Les garçons, je suis gay.

Et alors! Tu veux savoir, je suis bisexuel.

— Non! Sérieux! lui rétorque Benji en s'amusant. Et toi, Vévé? Allez, dis-nous!

— Moi? Mais non, je suis un pur hétérosexuel! J'aime les filles.

Et tous les trois se mettent à rire comme des fous.

La nuit est tombée, les triplés se réunissent autour de la table et commencent une nouvelle partie.

Les dés tournent, mais aucun ne fait l'une des combinaisons gagnantes.

Jordan propose de faire une deuxième partie.

— Normalement, notre règle du jeu n'est qu'une seule partie, lui répond Benji.

— Allez, on peut en faire une deuxième... C'est trop court chaque fois.

— Non et non.

Vévé, qui, en général, ne dit rien, regarde son frère.

— Allez, Benji, on peut en faire une deuxième, il a raison, Jordan.

— Vraiment ? D'accord, mais vous serez obligés d'exécuter ce qui sera indiqué sur la carte.

Jordan et Vévé se regardent avec étonnement, puis le premier se retourne vers Benji.

— Attends, on ne comprend pas, tu veux qu'on fasse exactement ce qui est écrit et dessiné sur les cartes.

— Oui ! lui répond-il d'un ton glacial en les observant tout aussi froidement.

— Mais es-tu fou ou c'est une plaisanterie ? S'emporte Vévé.

— Punaise ? Rétorque Jordan.

— Taisez-vous et écoutez-moi ! intervient Benji en haussant très fortement la voix.

Vévé se lève, bouscule la chaise, file sur le balcon, allume une cigarette tout en tremblant et fait les cent pas.

Jordan est stupéfait, il se frotte les cheveux dans tous les sens.

Benji retrouve son frère sur le balcon et l'attrape par le cou.

— Écoute, petit frère, n'oublie pas ce qui est arrivé à nos parents.

En aucun cas, je n'aurais pensé que créer ce jeu devait devenir une réalité.

— Je sais, mais vu les familles d'accueil qu'on a eues, vu la façon dont on a été maltraités, insultés, battus parfois jusqu'au sang, plus le massacre de nos parents, je veux aujourd'hui prendre ma revanche.

Non ! Je ne suis pas d'accord avec toi. On a tout maintenant, on est riches, plus que riches, on est tranquille jusqu'à la fin de nos vies.

Je veux régler leur compte à toutes ces mauvaises personnes qui nous font du mal. Regarde Jordan, regarde-toi, regarde-moi, on a une particularité. En plus d'être des triplés, avec le même groupe sanguin, on a la même cicatrice au visage. Alors, amusons-nous !

— Tu parles, tu n'es qu'un psychopathe, oui !

— Ah oui ? Et toi ? J'ai appris que tu avais des troubles bipolaires.

— Comment sais-tu ça ? lui dit Vévé en rigolant. Et Jordan, qu'est-ce que tu es ? Schizophrène, hein ? Vas-y, dis-le, hein !

— J'ai tout entendu. Oui, je suis schizophrène ! intervient Jordan en les rejoignant.

Les trois garçons s'observent et se mettent à uriner de rire en chantant à tue-tête.

En bas de l'immeuble, une voiture de police s'arrête. Les brigadiers sortent du véhicule et les garçons rentrent à toute vitesse dans le salon et ferment la baie vitrée. Se cache et regarde doucement au-dehors en levant la tête.

La police surveille juste l'hôtel de luxe qui se trouve face à eux, sauf que le conducteur s'est trompé et a enclenché le gyrophare.

Les frères soufflent et s'assoient sur le grand canapé. Un silence s'installe pendant quelques secondes.

— Bon, on la fait cette nouvelle partie. Relance Benji.

— Pas de soucis, on y va! S'accordent Jordan et Vévé en se regardant intensément.

Hors de chez moi, le silence règne, sauf à 20 heures, lorsque les résidents se rassemblent sur leurs balcons ou près de leurs fenêtres et applaudissent les infirmières et infirmiers, ainsi que l'ensemble du personnel médical qui s'occupe des malades en réanimation et de ceux qui ont malheureusement perdu la vie à cause de ce maudit virus.

Les triplés prennent une bière chacun, en boivent une gorgée et commencent à jouer. Premiers dés lancés. Sur les trois, les chiffres se suivent. Il tire une carte de couleur rouge. Deuxième tournée échouée; une carte noire retournée. Puis, le troisième joueur l'imite.

Les frères s'observent et dévoilent les deux cartes de couleur noire. L'acte à perpétrer.

Les garçons se donnent une semaine pour réaliser leurs devoirs, c'est la règle. Pas un jour de plus. Qu'il s'agisse de jour ou de nuit, ils doivent s'exécuter, c'est une obligation.

Le jeu terminé, ils débarrassent la table, regardent la télévision, zappent et s'arrêtent sur un film à suspense. Comme par hasard.

Tous les portables se mettent à sonner ou à vibrer. Les triplés entretenant tous une relation, sauf Jordan qui sort avec une fille et un garçon.

Malheureusement, avec ce mystérieux virus, nommé COVID-19 par les médias, les chercheurs, les scientifiques et les infectiologues, ils ne peuvent pas les voir.

Les messages défilent, les frères s'amusent chacun de leur côté sur ce grand canapé.

— Allez-y, faites voir vos femmes! Benji intervient.

Ils lui font voir les photos des profils Facebook, Instagram, Snapchat et WhatsApp.

— Et toi, montre-nous ton homme! Lance Vévé.

— Wouah, Canon, ton homme! Clame Jordan.

— Hep! Ne touche pas, il est à moi! Sinon, je te coupe les testicules.

— T'inquiète! Voilà le mien.

— Pas mal du tout! lui dit Benji. Il a une grande bouche...

Les garçons sont morts de rire.

Quelques heures plus tard, ils décident d'aller se coucher, mais Benji rattrape le bras de Jordan et lui fait signe d'attendre.

— Demain, on parlera tous les deux pour exécuter notre devoir.

— Pas de souci, répond Jordan.

Les garçons éteignent les lumières de l'appartement et s'endorment.

Au commissariat du quatorzième, une petite lampe éclaire le bureau du jeune divisionnaire, toujours sur l'enquête mystérieuse des trois personnes tuées en peu de temps.

Il lit et relit les procédures, compulse les photos des cadavres et s'aperçoit d'une chose : sur chaque cliché, une main est rentrée dans une des poches des victimes.

« Pour quoi ? »

Il se fait tard, il éteint tout et rentre à son domicile, tout en réfléchissant. Il regarde sa voiture, d'abord à droite, puis à gauche. Les rues qui le mènent chez lui sont désertes, le commissaire n'a jamais connu Paris comme cela.

Le lendemain, dès le réveil, les garçons reprennent les cartes. Ils s'assoient et réfléchissent à la manière d'agir. L'une est facile, l'autre est un peu plus complexe.

Toute la journée, ils pensent... Ils pensent qu'avec le confinement, il ne sera pas évident de trouver leurs proies. Soudain, une idée leur parvient.

Les deux frères contactent un des frères et une des sœurs des familles d'accueil et leur donnent rendez-vous le soir même à l'autre appartement, celui du quatorzième.

Les garçons, sauf Vévé qui reste dans le logement actuel, rédigent une attestation de déplacement pour motif familial impérieux et se dirigent en taxi à l'appartement du quatorzième.

Benji et Jordan montent comme d'habitude les escaliers deux par deux. Cela ne change pas.

Ils se hâtent de tout préparer pour accueillir leurs convives.

Quelques instants plus tard, l'interphone sonne, aussitôt Benji ouvre la porte.

Dernier étage !

La sœur et le frère ne se connaissent même pas, ils ne se sont jamais rencontrés, mais le hasard a fait qu'ils arrivent tous les deux en même temps. Pas un mot n'entre lui le temps d'arriver au dernier étage.

La fille commence à se poser des questions, mais le garçon se montre confiant.

Entrez ! Allez-y, entrez ! Les accueils Jordan. Salut ! Ça va, allez, rentrez.

Jordan serre la main du garçon et enlace fortement la fille, sa sœur de cœur. Ils ont grandi dans la même famille d'accueil.

Benji arrive d'un pas nonchalant, se dirige droit vers la fille en gonflant ses épaules, lui fait la bise, se retourne et serre puissamment le poignet de son frère. Entre les deux, ce n'est pas le grand amour.

Soudain, un vacarme assourdissant. Vingt heures après, les applaudissements, les gens crient, chantent.

Jordan ferme la fenêtre et les invite à prendre place sur le canapé.

Ils font les présentations, boivent, trinquent, mangent et parlent du bon vieux temps. La fille se met de plus en plus à l'aise. Peut-être sous l'effet de l'alcool ! D'un coup, tout le monde s'endort.

Jordan panique un peu, mais, il est rassuré par son frère Benji, ils les secouent. Jordan exalté de plus en plus.

— Benji, tu as vu comment elle t'a traité étant petite. On n'a pas le choix, c'est le jeu. Les garçons se transforment en psychopathes avertis. Au fond de cet appartement, une pièce fermée à double tour a été conçue uniquement pour réaliser leurs fantasmes meurtriers.

Les frères sont en transe. Benji commence par déshabiller entièrement le garçon et exécute la sentence indiquée sur la carte noire.

Jordan, dans l'euphorie, en fait de même pour la fille.

Au bout de quelques minutes, il réalise. Benji le prend dans ses bras, les mains pleines de sang.

Jordan pleure comme un enfant. Quelques longues minutes s'écoulent, ils reçoivent un SMS de Vévé.

— Alors, où vous en êtes ?

— Ne t'en fais pas, je te donnerai des nouvelles demain, lui répond Benji.

Silence. Jordan va se doucher, toujours en pleurs. Il ne se rend pas compte que du sang coule de son visage.

En attendant, Benji enveloppe de draps et de couvertures les deux corps sauvagement abattus.

Il avait tout prévu en cachette depuis plusieurs mois.

Jordan est recroquevillé sur le canapé, tremblant, dans tous ses états. Il a peur que la fille ou le garçon se réveillent.

Benji voit son frère, le rassure.

— Eh! « Tu l'as », lui dit-il.

— Mais c'est affreux! Pourquoi fait-on ça?

— C'est le mal qui est en nous et qui ne partira jamais, lui chuchote Benji. C'est la prière de Satan.

Différentes découvertes.

Tôt le matin, dans le cinquième arrondissement, près du quartier Latin, du bord de la Seine, du côté du quai Saint-Bernard, on peut voir, sur le sol d'une petite place, l'esquisse d'un losange avec deux silhouettes enveloppées dans deux couvertures. L'un d'eux est de se placer sur la longueur au milieu du dessin, les pieds dans le sens des marches, et l'autre dans le sens inverse, droit comme une ligne horizontale.

Au lever du jour, un habitant sort ses chiens. Arrivé à la hauteur du quai, un de ses animaux tire sur la laisse au point de la faire craquer. Il court à toute vitesse en direction des petites marches. Cet homme d'un certain âge, étonné, tente de le rattraper, mais les autres tirent aussi comme des fous sur leurs attaches.

Il l'appelle, le siffle, mais le voit de loin renifler. Le monsieur descend les marches du quai doucement et découvre l'horreur. Du haut des escaliers, il croit distinguer une croix. Il s'empare immédiatement de son portable et contacte la police, qui arrivera peu de temps après.

Les brigadiers joignent leurs supérieurs ainsi que les pompiers, puis bloquent les environs en attendant les légistes.

Un peu plus tard, l'un des inspecteurs arrive sur place. Il contacte directement le jeune commissaire, qui est actuellement impliqué dans trois enquêtes. Lui et ses hommes se mettent à la recherche d'éventuels indices. Pas d'arme, comme pour les autres meurtres.

Les médecins arrivent et constatent les corps. Puis, c'est le tour du divisionnaire : il salue son collègue et tous deux vont les identifier.

Une fille et un garçon, jeunes, complètement nus, ensanglantés, avec des dizaines et des dizaines de coupures sur tout le corps.

Les deux policiers s'écartent et se couvrent le nez ainsi que la bouche pour éviter de vomir.

Le corbillard est sur place et attend l'ordre d'évacuer les cadavres.

— Tu sais, dit l'inspecteur au divisionnaire, tout au long de ma carrière, j'ai vu des drames, des assassinats, différents homicides volontaires ou non, mais jamais rien. De tels... Un acharnement comme si le diable en personne s'en était chargé.

TU AS raison. Cinq meurtres en peu de temps, c'est bizarre... Quelque chose m'échappe, poursuit le commissaire avant de répondre à un appel.

— J'ai vu qui a apporté les corps, a dit la voix d'un homme.

— Allô! Allô!

Il regarde son collègue et, d'un signe de la tête, s'étonne.

Un type qui me contacte pour m'informer qu'il a vu qui a amené les corps. Il a raccroché directement.

— Ah! Mais tu as un numéro.

— Non! lui répondit-il sèchement.

Les cadavres sont emballés dans un sac avec une fermeture à glissière et transportés dans un coffre prêt à regagner la morgue de l'hôpital le plus proche. À peine les premiers départs effectués, la presse, les radios et les chaînes de télévision sont déjà sur place.

— Mais qui les avertit? Il râle le divisionnaire.

Énervé, il prend un des véhicules et file directement chez lui. Il est impuissant face à la tournure des événements à Paris.

Ses collègues continuent les recherches pour essayer cette fois-ci de trouver le moindre indice.

Dans le fond du quai, derrière un arbre centenaire, une silhouette regarde le va-et-vient. Ce vieil homme qui a appelé le commissaire plutôt a travaillé dans la police à Paris pendant plus de quarante ans et connaît la capitale comme sa poche.

Tout le monde rentre. Le retraité retourne sur les lieux discrètement, sachant que tout le secteur est bouclé.

De son côté, le divisionnaire, chez lui, allume son écran, regarde les nouvelles, qui ont, comme d'habitude, pour sujet principal le virus.

Il ouvre son réfrigérateur, se prend une bière, s'assoit sur un tabouret de bar, se frotte la tête et soudain s'énerve. Il jette sa boisson contre le mur, à qui il adresse un coup de pied... Il explose de colère !

Pour lui, c'est trop.

Manque d'indices, il n'avance pas.

Chez les garçons, la journée est plutôt morose. Ils n'ont pas envie de sortir. Il faut qu'ils se remettent de leur soirée.

Jordan se montre assez perturbé, il ne souhaite pas du tout parler. Dans sa tête, tout s'embrouille.

Benji, après avoir choisi d'arrêter le jeu pendant un certain temps, ce que Vévé, lui, voudrait continuer, explique à ses frères en détail les cinq meurtres.

Jordan et Vévé sont complètement désorientés par la réaction de Benji.

— Il est trop tard, je me suis pris au piège avec notre jeu.

Silence total. Benji décide de nettoyer de fond en comble la pièce maculée de sang qui a servi à réaliser leur acte. Cette pièce de l'appartement du quatorzième, que l'on appellera la pièce mystère, dissimulée par une fausse cloison, a été conçue par leur père qui cachait à l'époque un trésor bien particulier.

Cette petite pièce est insonorisée. Tous les murs sont recouverts de bâches transparentes. Cet endroit macabre recèle un lit, une caméra et une grosse caisse où se trouvent plusieurs outils. Seul Benji pouvait y entrer, mais, maintenant que les autres sont dans les histoires, il a tout raconté.

- Mais que faisait le père dans cette pièce ? Malheureusement, personne ne le sait.

— Est-ce que cette pièce a été rajoutée, on ne sait rien ?

- Peut-être que le père a trompé sa femme ou qu'il est aussi coupable du meurtre de certaines victimes disparues et non élucidé.

À Paris, un tueur fou n'a jamais été arrêté. Mystère.

Chez le commissaire, le téléphone sonne. Endormi sur son canapé, il cherche de sa main droite l'appareil.

— Oui ! J'arrive.

Il se rend dans une cave d'un immeuble inhabité. Il y retrouve un homme, grand, fort, d'un certain âge, barbe blanche... Le fameux qui prétend détenir des informations.

Grâce aux lampadaires, il peut apercevoir la silhouette de cet ancien haut fonctionnaire de la police qui erre dans les rues de Paris depuis qu'il a entendu parler de ces meurtres.

Après avoir échangé à voix basse pendant cinq minutes, chacun repart de son côté.

Le divisionnaire est content, car il a bénéficié d'une aide inattendue. Il prend la direction du commissariat du quatorzième, arrive avec le sourire aux lèvres, provoquant la surprise de tous ses coéquipiers. Il pénètre dans son bureau, s'enferme, baisse son store, se sert un soda et se remet dans ses dossiers afin de trouver un indice.

Il installe toutes les photos qu'il détient sur un mur quand son chef toque à sa porte. Ce dernier, sans attendre l'autorisation, tente de rentrer, mais tombe sur la porte close.

— Pourquoi bloquez-vous la porte ? demande-t-il.

— Monsieur, je veux être tranquille pour mieux me plonger dans ces homicides.

— Je vous laisse cette enveloppe des autres clichés que je viens de recevoir.

Merci.

Le chef s'en va sans prononcer un mot de plus et referme derrière lui. Leurs relations ne sont pas au beau fixe, pour diverses raisons, la jalousie au prime abord, le commissaire...

Pourquoi l'ambiance entre le chef et le commissaire n'est-elle pas au beau fixe ? Tout simplement, le chef est jaloux du commissaire. Le commissaire, qui avait commencé sa carrière dans la police comme simple agent, avait travaillé très fort au fil des ans. Il avait été promu à son poste actuel en très peu de temps. Et puis le commissaire est l'ancien petit ami de la fille du chef. Il devait se marier, mais le commissaire a préféré se séparer avant le mariage et consacrer toute son énergie à sa carrière.

Il est juste de reconnaître que le dirigeant n'est pas facile à côtoyer, que ce soit sur le lieu de travail ou dans la sphère privée : il possède une personnalité bien trempée.

Le jeune commissaire ouvre à l'aide d'un coupe-papier l'enveloppe, sort les photos encore fraîches et les observe attentivement avant de les épingler avec les autres.

Il s'assoit en regardant le rapport du légiste qu'il vient aussi de recevoir par fax. Il veut coûte que coûte avancer dans son enquête.

Le portable sonne. L'ancien policier, rencontré quelques heures plus tôt, a pour l'instant l'individu qu'il a entrevu sur le quai Saint-Bernard. Le commissaire note sur un bout de papier l'endroit qu'il lui indique.

En début de soirée, de l'autre côté de Paris, rue de Courcelles, les garçons arrivent à leur appartement.

Jordan n'a pas décroché un mot de la journée.

Vévé propose de faire une soirée Pizza. Benji et Jordan acceptent.

Ils s'installent, appellent la pizzeria avant qu'un des frères allume son écran plat du dernier cri.

Un journaliste annonce sur la chaîne d'informations une bonne nouvelle. Les Français sont autorisés à circuler sur le territoire national cet été.

Vévé crie de joie! Yess! Yess!

Une demi-heure plus tard, Benji répond à l'interphone et voit qu'il s'agit du livreur grâce à la caméra de sécurité. Il appuie sur le bouton sans parler, déclenchant l'ouverture du hall avant d'entrebâiller la porte.

Le livreur frappe. Benji, se trouvant juste derrière, ouvre en grand, scrute l'arrivant, récupère les commandes et paye en lui laissant un pourboire. Il continue de fixer l'homme droit dans les yeux. Ce dernier lui rend son sourire, puis le remercie. La porte se ferme.

— Hé, les frères! Les pizzas!

Les garçons se mettent à table! Un délice. Soudain, à la télévision, une annonce écrite qui défile sur le bas de l'écran indique que deux corps ont été retrouvés. Tués dans d'affreuses circonstances. Les frères regardent chacun un morceau de pizza.

Jordan recommence à éprouver de l'angoisse.

— Ils vont nous attraper! dit-il à Benji.

— Mais non, tu inquiètes! Il n'y a pas nos empreintes ni quoi que ce soit...

Après identification des victimes, le commissaire convoque les familles, inquiètes de rester sans aucune nouvelle d'elles depuis la veille au soir. Il ne sait comment leur annoncer le drame.

Après l'annonce terrible, les familles s'effondrent en sanglots.

Le divisionnaire propose aux parents de venir reconnaître les corps à la morgue, mais il tient surtout à les avertir de la cruauté des crimes.

Au bout d'une petite heure, des cris, des hurlements de peine, de haine, de colère surgissent dans le box où se trouvent les défunts.

Dans le quatorzième, le vieil homme continue ses recherches, tandis que, dans le huitième, les garçons passent une soirée plutôt tranquille.

Jordan a tellement mal qu'il prend un cachet et va se coucher. Benji et Vévé discutent.

Benji propose à Vévé de quitter Paris quelques jours. Après réflexion, il accepte.

— Attends ! On va en parler à Jordan.

— Laisse ! Réponds Benji. On lui en parlera demain. Je pense qu'il ne sera pas capable de nous suivre dans notre jeu. Il est trop faible.

Presque vingt-trois heures après, le commissaire, le vieil homme, le médecin légiste et les familles endeuillées rentrent tous à leurs domiciles.

Une magnifique journée s'annonce ! C'est plutôt le contraire, mais restons courtois.

Ce soir, le ciel est peuplé d'étoiles, peut-être un signe des jeunes partis plutôt.

Le lendemain matin, le divisionnaire se rend sur le bord de Seine, quai Saint-Bernard, avance à petits pas et aperçoit soudain sur l'une des trois marches une tache de sang plus ou moins difficile à définir... Est-ce une lettre ou un symbole ?

Il s'empare de son portable, fait une photo, continue son chemin et, au bord de la Seine, voit une cigarette à peine fumée. Il attrape un morceau de papier qu'il trouve par terre et récupère ce mégot.

En reprenant sa voiture, il croise le vieil homme et le salue discrètement d'un simple clin d'œil. Il cogite et cogite encore, puis fait analyser le bout d'un morceau de mégot.

Chez les garçons, l'humeur est au beau fixe, comme si rien ne s'était passé la veille. Ils mangent un bon petit-déjeuner et décident de flâner dans Paris.

La liberté est revenue... Avec la fin du confinement qui approche et l'arrivée imminente de l'été, ils s'activent pour planifier leurs prochaines vacances.

Aucun des triplés ne travaille, ils ont de quoi vivre sans problème. Cependant, Jordan aimerait bien trouver un emploi.

Quelques jours passent. Nous nous rendons aux Ulis, dans l'Essonne, pour ce moment de tristesse. Le ciel est gris et il pleut. Ce jour est douloureux pour les familles, date des obsèques de leurs enfants.

Les parents sont convoqués au bout de quelques jours au commissariat du quatorzième et sont questionnés un par un par différents inspecteurs. Ils ne comprennent pas ce qu'il s'est passé.

Pour le drame qui s'est produit à La Bastille, un suspect a été arrêté et interrogé. Le jeune homme sans emploi et sans-abri et connaissant de graves problèmes psychologiques a reconnu les faits. Il est placé en garde à vue et va passer en comparution immédiate.

Les trois frères se baladent dans la capitale.

Ils achètent des vêtements, boivent un verre dans un café très réputé du sixième arrondissement, grand quartier animé de Saint-Germain-des-Prés. Situé sur le boulevard Saint-Germain, cet établissement a une longue histoire. Créé en mille huit cent quatre-vingt-sept, au cours de la Troisième République, il est un endroit de liberté où se côtoient les mondes artistiques et littéraires ainsi que des poètes renommés.

Pendant ce temps, le jeune commissaire commence à rassembler les indices qu'il a en sa possession, et au fur et à mesure de son enquête, il construit son puzzle avec différentes découvertes.

Mais ce qui le tracasse le plus, c'est que, sur chaque scène de crime, il trouve un signe. Dans le premier appartement, il était dessiné sur un mur avec du sang, sur le capot d'une voiture pour la deuxième scène et là, le troisième était inscrit sur les marches d'un escalier.

Soudain, son téléphone sonne. Voyant qu'il s'agit de Maryline, il ne décroche pas. Il ne veut en effet plus entendre parler de son ex-petite amie qu'il a quittée et qu'il a trompée avec un de ses meilleurs amis. Cleptomane, elle vole surtout du maquillage. Elle s'est fait arrêter plusieurs fois, mais madame continue autant qu'elle le peut.

Il a tourné cette page de sa vie depuis quelque temps. Il ne comprend pas pourquoi elle le contacte.

La journée se termine. Il appelle une amie et lui propose d'aller manger un morceau, ce qu'elle accepte immédiatement.

Ils se retrouvent au bout de deux heures dans un tout petit restaurant asiatique du côté de Montmartre, pas loin du Sacré-Cœur, clos par une splendide porte en bois massif et bénéficiant d'une luminosité resplendissante. Les nems y sont fabuleux.

Tous deux passent un très bon moment. De longues discussions s'enchaînent. Soudain, trois jeunes hommes entrent dans l'établissement de la rue des Trois-Frères, dans le 18e arrondissement.

Ces derniers, bien habillés et parfaitement coiffés, s'installent. Ces triplés strictement identiques de la tête aux pieds, même taille, même morphologie et même petite cicatrice sur l'arcade droite attirent les regards, notamment ceux du divisionnaire et de son amie, à la table d'en face.

Les plats arrivent pour les autres clients, puis la serveuse prend la commande des garçons.

Vévé bloque sur cette petite Vietnamienne très mignonne dans une tenue unique.

L'ambiance du restaurant est bon enfant, une musique asiatique en fond, mille effluves qui s'échappent de la cuisine à la salle.

Au bout de quelques minutes, les frères peuvent apprécier le repas. Ils discutent de tout et de rien, quand Benji entend l'amie du commissaire.

— Alors, ton enquête avance.

— S'il te plaît, ce soir, c'est détente totale, on ne parle pas du travail ! lui répond-il dans un grand sourire.

— D'accord, d'accord, désolée !

En silence, les bouches engloutissent d'un coup de fourchette les ingrédients parfumés.

— Quel délice ! Signale une charmante dame.

Tout le repas se passe à merveille. Des fous rires, des anecdotes. De minute en minute, les clients désertent le restaurant. Il ne reste alors plus que le commissaire avec son amie et les trois garçons.

Le chef propose aux deux tables une petite liqueur, un alcool de riz très puissant. Ce qui enclenche naturellement la communication entre tous. Vévé, quant à lui, n'a pas décroché du regard la serveuse.

La soirée se termine, tous quittent les lieux et se saluent dans la rue.

Juillet-août.

L'heure des vacances a sonné, l'école est terminée, les triplés décident de partir pendant les deux mois d'été.

Destination : le sud de la France et tout d'abord Cannes et sa Croisette. Les garçons préparent leurs affaires sans oublier leur jeu de société.

Ils quittent Paris le 1er juillet au matin par la gare de Lyon, déposés par leur chauffeur.

Un monde fou s'y presse, ils contrôlent leurs billets à l'heure, les compostent et montent dans le train pour Cannes.

Au bout de huit heures et quelques minutes, le véhicule se présente en gare de Cannes. Les frères, tout sourire, descendent, sortent du bâtiment pour monter dans un taxi qui les accompagnera dans le luxueux standing qu'ils ont réservé via Internet.

Au bout de quelques instants, ils arrivent au domicile, s'installent et se rafraîchissent en prenant une bonne douche.

Des chambres majestueuses avec de grands lits couverts de couettes légères et de draps de soie.

Les triplés, désormais en peignoir de bain blanc, s'offrent un verre de champagne en terrasse qui a vue sur la mer.

Le paradis lointain.

Ils commandent à emporter un petit Marocain très réputé sur la Croisette et passent toute la soirée tranquilles à l'appartement à contempler le ciel étoilé.

Benji, lui, a envie de sortir de la valise le jeu de société, mais les autres le lui refusent catégoriquement. Il fait alors la grimace, mais accepte leur choix.

Un fond de musique, des cigarettes, des boissons... Une bonne soirée en perspective.

Pendant ce temps-là, à Paris, l'enquête continue. Les informations se sont mises à parler des crimes survenus en peu de temps dans la capitale.

Différentes personnes ont été interrogées, mais toutes possèdent un alibi.

Le lendemain matin, au lever du jour, un soleil resplendissant illumine toute la Croisette.

Les triplés se lèvent un par un, un peu difficilement.

Au programme aujourd'hui : tourisme et shopping à Cannes. À midi, restaurant en terrasse et le soir, petite sortie à Juan-les-Pins, à quelques kilomètres de Cannes, du côté d'Antibes.

Cet été-là, en 2020, à part visiter, se restaurer et se baigner, on ne peut pas faire grand-chose sur la COVID-19 qui continue à circuler malgré la fin du confinement.

Malheureusement, le côté culturel, notamment les grands concerts et tous les festivals, représentant une foule en masse, est strictement interdit.

Au bout de deux bonnes heures, ils sont enfin prêts à sortir, tenues d'été, chemisettes, bermudas bien taillés et repassés avec soin, petites chaussures légères.

Les garçons commencent leurs petites tournées. Ça tombe bien, il y a un marché provençal où se mélangent différents effluves de fruits de saison, d'épices, de poulets et d'autres mets.

La population cannoise et les touristes reprennent progressivement goût à la vie après avoir été enfermés deux mois et demi.

Après la visite du marché, les frères s'installent sur un mur de pierre au bord de la Croisette, face à la mer, et admirent le paradis.

Midi, petit repas en terrasse avec toutes les précautions ordonnées par le gouvernement concernant les restaurateurs afin qu'ils puissent servir leurs clients dans de bonnes conditions d'hygiène.

Le repas et l'après-midi se passent à merveille.

Les triplés décident de rentrer en fin de journée pour se doucher. Une forte chaleur était présente. Plus de vingt-huit degrés indiquaient les panneaux publicitaires et ceux des pharmacies du quartier.

Cannes est une ville vivante et magnifique, des hôtels de luxe majestueux installés face à la mer, une vue splendide.

Le soir venu, les garçons, bien stylés, lunettes de soleil, louent une voiture, une belle berline au toit décapotable pour se rendre à Juan-les-Pins.

Une fois sur place, un monde affolant sillonne les rues, des lumières de partout, des panneaux diffusant une grande publicité pour le « Festival de la mer » qui ne pourra malheureusement pas se tenir.

Du jazz, Jordan adore le jazz.

Tous les trois se baladent, mangent et profitent de la soirée au maximum. Ce sont les vacances! Au loin, une silhouette intrigue Vévé. Une belle demoiselle aux cheveux longs blonds, vêtue d'une robe d'été légèrement transparente, boit un verre en terrasse avec des copines.

— Je reviens! dit-il, charmé, au bout d'un certain temps à ses frères.

Les deux autres frères se marrent, mais font aussi connaissance de leur côté.

Vévé s'approche de sa cible, se présente et lui propose un verre, sous l'œil amusé des copines qui sourient du coin de l'œil.

Vévé, garçon musclé, style mannequin, aux yeux bleus, joue aux cartes sur table en suggérant à la jeune fille de lui offrir un verre. Les copines la regardent et d'un signe de tête lui font comprendre qu'elle peut accepter.

Vévé change de table et s'installe avec la jeune fille, qui entame immédiatement la discussion. Il faut dire qu'elle est loin d'être timide, elle est en vacances et compte bien en profiter.

Vévé est surpris, mais le feeling passe très bien entre eux. Sa demoiselle craque littéralement pour lui.

Au bout d'un bon moment, Vévé lui propose d'aller marcher. Elle accepte aussitôt, mais elle lui suggère encore mieux : de partir en voiture dans un endroit qu'elle connaît à merveille.

Elle va aussitôt voir ses copines et leur signale qu'elle rentrera un peu plus tard. Les filles, comprenant le manège.

— Vas-y, ma Cocotte, mais fais attention quand même! Elle déclare l'une d'elles.

— Oui, fais gaffe, tu as ce qu'il faut, renchérit l'autre.

Vévé va avertir ses frères avant de partir, tous deux, dans une petite voiture, celle de sa conquête, venue de Paris. Le jeune homme rit en voyant la plaque d'immatriculation.

— C'est votre voiture.

— Oui ! C'est la mienne.

Tu es de Paris.

— Oui, on est toutes de Paris. Et toi ?

— Je viens de Paris, comme vous, les garçons.

Musique à fond, ils échangent, tout souriants, et la jeune fille fond littéralement devant la beauté du jeune homme.

Après avoir conduit pendant plusieurs minutes, les amoureux arrivent dans un endroit enchanté sur l'île de Sainte-Marguerite, près de Cannes. Ils continuent leur traversée à pied et parviennent à une petite crique. La jeune fille embrasse Vévé.

L'été sera chaud, très chaud.

Aux alentours, les deux jeunes s'enlacent, Vévé commence à caresser la jeune fille quand, soudain, elle le repousse et le somme d'arrêter.

— Qu'est-ce qu'il se passe ? On va trop vite. « Vévé s'interroge, surpris. »

— Non, pas du tout, j'en ai très envie. Tu me plais beaucoup, mais...

— Mais tu as un petit ami.

— Tout à fait, et l'on va se marier.

— Tu vas déjà te marier ! Mais tu es jeune.

— Oui, je sais.

Vévé la console en la caressant tendrement.

— Non ! S'il te plaît, arrête.

Vévé continue, insiste un peu.

La jeune fille commence à se débattre, mais Vévé baisse son pantalon, son short boxeur, et place sa main sur son sexe.

Elle fond devant ce bel homme musclé, complètement différent physiquement de son futur mari.

Vévé saisit la tête de sa conquête et la dirige vers son sexe. Elle s'exécute, surprise de la taille et de la grosseur.

Vévé dénude la jeune fille qui se laisse faire, non sans une petite appréhension.

— Va doucement, lui intime-t-elle d'une voix sensuelle.

— Oui, promis.

Vévé se protège et, en grand gentleman, va tout en douceur. La fille part au fur et à mesure au septième ciel. Son partenaire va de plus en plus vite et tous les deux finissent en même temps leur aventure en extase.

Ils s'habillent et discutent un peu au bord de cette crique, puis décident de rentrer. La jeune fille dépose Vévé. Avant de se quitter, ils s'embrassent et se disent qu'ils souhaitent se revoir.

Les deux frères ne sont pas rentrés de leur côté. Vévé se retrouve seul dans l'appartement. Heureusement que c'est lui qui avait les clés.

Il appelle ses frères, mais reçoit un texto :

« Tout se passe bien pour nous ! »

Les deux frères ont terminé la soirée dans une grande villa, avec des boissons et une soirée qui a dérapé, si vous voyez ce que je veux dire.

Avant de se coucher, Vévé se permet une petite partie de leur jeu de société, tout en respectant la règle, sans tricher. Premier tour, il perd, choisit une carte de couleur noire et lit attentivement l'exécution. Comme par hasard, le dessin indique une fille nue, une plage, des cailloux.

Il range tout proprement comme s'il n'y avait pas touché. Au moment d'aller dans sa chambre, Vévé repense à sa soirée plutôt inattendue; il est aux anges.

Du côté de Jordan et Benji, l'ambiance a été très chaude. Ils dorment tout nus près de filles et d'autres garçons, aussi nus comme des vers.

Les vacances à Cannes s'annoncent de bon augure.

Tout ce petit monde se réveille, s'habille et quitte la villa pour rentrer. Vévé, de son côté, ouvre également l'œil.

Au bout de quelque temps, les triplés se retrouvent dans l'appartement.

Du côté de Juan-les-Pins, la jeune fille rejoint ses copines et leur raconte sa soirée en détail.

Quatorze juillet. Les frères sont invités dans une grande villa tenue par un milliardaire russe pour une grillade partie clôturée par un beau feu d'artifice.

Pendant plusieurs jours, Vévé et la jeune fille vont continuer à se fréquenter, bien qu'elle se marie dans peu de temps.

Les garçons, eux, vont profiter des vacances de rêve : plage, bronzage, petits restaurants, cocktails en terrasse, etc.

Juste avant de quitter la ville de Cannes, les deux amoureux se donnent rendez-vous sur l'île où ils ont passé la plupart de leurs soirées à contempler les étoiles.

Ils se revoient et passent un très bon moment de tendresse les pieds dans l'eau.

Jordan et Benji, eux, restent tranquilles à l'appartement, préparent les valises. Une journée banale, la fin d'une première étape de vacances sur la Côte d'Azur.

Benji envoie un SMS à Vévé pour connaître son heure de retour.

« Tu inquiètes, je rentrerai tard. »

« OK, la porte sera ouverte. »

La soirée se passe à merveille entre les amoureux. Vévé désire un dernier câlin avant qu'ils se quittent.

Mais la jeune fille ne veut pas de rapport. Vévé insiste un peu, elle le repousse.

Elle commence à se lever, mais le garçon la rattrape par la jambe et la fait tomber. Il met sa main sur sa bouche pour éviter qu'elle crie.

Les yeux de Vévé expriment la colère, il attrape violemment une pierre et fracasse la tête de sa conquête.

Il se redresse et, dans sa furie, la déshabille entièrement, exactement comme l'avait suggéré la carte qu'il avait tirée.

Il part en courant, abandonnant le cadavre dans le silence seulement rompu par le bruit des vagues qui claquent sur les cailloux de la crique.

Vévé court, en pleurs, les mains en sang, avec les vêtements de la fille qu'il finit par jeter dans une poubelle. Il rentre à l'appartement, affolé, plonge sous la douche et vomit toutes ses tripes. Son frère Benji se réveille et l'entend sangloter, il frappe à la porte de la salle de bains.

— Vévé, ça va.

Vévé ne répond pas.

Benji décide de l'attendre dans la pièce principale pendant que Jordan dort à poings fermés.

Son frère arrivant dans le salon, Benji, le voyant dans tous ses états avec sa main blessée, le console.

Vévé lui explique tout en détail. Benji le rassure.

On s'en va demain. Tu l'as fait, je suis fier de toi !

— Fier de quoi ? D'avoir tué ? Je ne le voulais pas… Ma vie est foutue !

Le lendemain, c'est le grand départ vers une nouvelle destination, Saint-Tropez.

En partant, ils entendent au loin des sirènes. Vévé rougit de peur, son frère Benji l'attrape par le cou pour s'avancer tout droit en direction de la gare de Cannes.

Après avoir parcouru 2 h 45 minutes, ils arrivent au village. Ils prennent ensuite un taxi jusqu'au port, où ils montent sur un magnifique yacht qu'ils ont loué une fortune pour une semaine, avec un capitaine et toute son équipe à leur disposition.

Heureux d'être arrivés, les triplés prennent connaissance des lieux, accueillis par une hôtesse très mignonne dotée d'un accent russe qui leur propose un petit cocktail de bienvenue.

Au bout de quelques minutes d'installation, les garçons se reposent tranquillement sur une belle table ronde en bois. Le propriétaire, un grand homme d'affaires qui voyage énormément, adore ce matériau, il travaille d'ailleurs à son exportation dans le monde entier.

Les jeunes gens se font admirer par des centaines de badauds qui se baladent le long du port.

Soudain, une petite bande de filles et de garçons de toutes nationalités se présente en bas, arrêtée par des gardes du corps musclés équipés de lunettes noires et d'oreillettes.

Jordan se lève et descend de la passerelle pour les rejoindre et entamer une conversation avec eux.

Une belle Américaine demande s'il parle anglais.

— Oui, même l'américain.

— GOOD !

Les trois garçons parlent cinq langues : l'anglais, l'américain, l'espagnol, l'italien et le portugais. Et maintenant, à leur temps perdu, ils apprennent le mandarin.

Alors que Jordan continue sa discussion, Benji et Vévé, par curiosité, se rendent sur le pont situé à tribord du bateau. Benji aperçoit derrière ces lunettes de soleil d'une grande marque un garçon d'une beauté à tomber par terre, fin dans ses gestes, efféminé, habillé à la dernière mode gay.

— Je pense qu'on va bien s'amuser à Saint-Tropez! dit-il à Vévé.

Jordan remonta, souriant jusqu'aux oreilles.

Sur le port de Saint-Tropez, il y a un monde effréné qui prend plaisir à se promener et à photographier les stars.

Le temps est magnifique et chaud.

Les terrasses de cafés sont remplies de touristes.

Soudain, une jeune fille aperçoit les garçons et offre une invitation à une soirée mondaine dans un restaurant chic.

Les garçons remercient chaleureusement la jeune et belle fille.

Ils lisent l'invitation et éclatent de joie.

Ils vont manger dans un château.

Excité, Benji crie.

— Les garçons, on est invités dans un restaurant chic! dit-il à ses frères.

Les triplés lèvent alors leurs verres et trinquent.

— Ça va être chaud ! s'exclame Jordan.

Chacun d'eux songe à sa proie, même si Vévé est resté muet depuis leur départ de Cannes.

Les garçons décident de sortir du yacht et d'aller se promener dans la ville de Saint-Tropez.

Leur journée se passe en shopping, en balade dans les ruelles du village. Les boutiques de luxe fusent, puis les garçons s'arrêtent pour acheter une spécialité sucrée, la tropézienne .

- Qu'est-ce que c'est la tropézienne ? C'est un gâteau délicieux fourré à la crème, mais c'est une recette qui est gardée en secret.

Les garçons dépensent sans regarder.

Puis passage obligé de s'arrêter dans la brasserie mythique des stars située face au port. Cette brasserie, elle, est reconnaissable à sa couleur rouge.

Après la promenade, ils se préparent à la soirée blanche à laquelle sont conviés tous les people et la jet-set ainsi que les artistes, chanteurs, comédiens, acteurs, réalisateurs et autres peintres.

La petite bande de jeunes récupère ensuite au passage les garçons, les présentations commencent.

Après quelques minutes de marche, tout ce beau monde arrive, muni d'un carton d'invitation.

Ils entrent dans un endroit extraordinaire, un hall extérieur aux mille et une lumières, une décoration champêtre, des tables rondes bien espacées, chacune avec des bougies introduites dans des petites loupiotes, des fleurs, des chemins brodés à la main, des serviettes joliment ornées et de la vaisselle.

Vévé se trouve au paradis, il trouve tout cela magnifique. Il rêve en effet de devenir wedding planer afin d'organiser différentes réceptions de luxe. Quant à Jordan, il est attiré par l'orchestre de jazz qui s'est installé dans la cour.

Un repas et une soirée divine. Un service à l'anglaise, des dizaines de serveuses et de serveurs dansent avec les assiettes de table en table comme dans un spectacle avec une belle chorégraphie, le tout mené par l'un des chefs étoilés les plus renommés.

À Cannes, une enquête est ouverte concernant la découverte du corps de la jeune fille.

À Paris, le commissaire reçoit sur son portable une information concernant l'homicide qui s'est déroulé dans le sud de la France. Après avoir lu l'article, il regarde la photo jointe de la crique. Pris après les faits, il croit discerner sur l'un des cailloux de la plage un signe dessiné avec du sang, mais il ne s'y attarde pas davantage.

Au cours de l'enquête sur les meurtres du jeune garçon et de la jeune fille retrouvés sur le quai Saint-Bernard à Paris, les inspecteurs écoutent en boucle les dépositions.

Le commissaire divisionnaire s'octroie quelques jours de vacances afin de se changer les idées, mais reste joignable.

Du côté de Saint-Tropez, la soirée bat son plein, une ambiance de fous : de table en table, ça discute des uns et des autres, ça critique tout en table, tant de grands vins, certains fument de gros cigares.

Tout au long du repas, les trois frères ne font qu'observer les filles et les garçons présents.

Au bout d'un moment, Benji se lève de table pour aller danser, tout en insistant du regard en direction de son bel inconnu. Celui-ci se décide finalement à le rejoindre.

Les deux garçons commencent à danser avant de s'éloigner peu à peu de la piste, préférant se mettre à l'écart afin de discuter.

— Moi, c'est Benji.

— Moi, c'est Ricardo, je suis Italien.

— Tu cherches.

— Un moment sympathique avec un beau garçon comme toi.

Les deux se regardent dans les yeux et leurs visages se rapprochent de plus en plus, jusqu'à ce qu'ils s'enlacent contre ce superbe chêne centenaire.

Ils décident de trouver un endroit pour faire plus ample connaissance.

Vévé et Jordan, eux, continuent à danser, à boire, à s'amuser. Ils n'ont même pas calculé que Benji et l'italien n'étaient plus ni sur place ni sur la piste.

Benji et Ricardo passent un moment torride. Le Latin, chaud, très chaud, retire rapidement les vêtements de Benji, glisse sa main dans le short de Benji et se montre très impressionné par le calibre du parisien. Une excitation les envahit.

Après leur petite affaire, les amoureux d'un soir reviennent à la réception. Vévé et Jordan sourient quand ils les aperçoivent. Ricardo rejoint sa table tout sourire et les filles se mettent à le charrier.

— Alors, petit coquin, le taquine Vévé, c'était bon, hein ! Vas-y, dis-le !

— Chut ! Oui, c'était extraordinaire ! Si tu veux savoir, l'italien est plus gourmand.

— Non ! répondent en chœur ses deux frères avec un air stupéfait.

Les filles, de leur côté, se montrent étonnées de ce que leur raconte leur ami. La soirée touche à sa fin et tout le monde quitte cet endroit fabuleux.

Le lendemain après-midi, les garçons se réveillent tranquillement et déjeunent face au port de Saint-Tropez à la vue des passants et des touristes.

Quand, soudain, une voiture de police arrive, sirène hurlante et gyrophare fonctionnant, et se gare juste devant le yacht, attirant le regard des curieux.

Les agents remontent une des ruelles pour se diriger dans un magasin de vêtements de grande marque à un vol à l'étalage.

Les garçons rentrent dans le bateau pour s'y reposer.

En fin de journée, ils décident d'aller faire les boutiques avant de revenir afin de se délecter d'un repas à la chandelle.

Petite soirée tranquille agrémentée d'une partie de leur jeu.

Ils invitent le personnel du yacht à prendre congé, car Benji ne veut en aucun cas qu'ils voient le jeu.

Une fois les lieux désertés, les garçons sont libres.

Vévé prépare le jeu à bâbord.

Jordan, motivé, jette les trois dés, il réussit, puis il tire une carte de couleur rouge. Benji, lui, perd et en tire une de couleur noire. Vévé finit la partie, mais tremble un peu, venant tout juste de perpétrer son premier crime. Victoire! Il pousse un grand souffle de joie, prend une carte rouge et la dispose sur le tapis.

Benji a tiré un joker, il est donc libre de ses choix, il peut le faire ou refuser.

À lui de voir.

À tribord, des filles appellent les garçons. Aussitôt, ils rangent à vive allure le jeu et longent le bateau sur le côté. Elles avaient prévu de ne pas venir les mains vides. Boissons, tabac et autres... Sans oublier le bel italien.

Les triplés les accueillent, Jordan se charge de les aider à monter sur la passerelle, même Ricardo a droit à sa délicatesse.

La soirée se déroule à merveille. Au bout de quelques heures de fête, les filles quittent le bateau.

Sauf Benji qui demande à Ricardo s'il veut rester. Ce dernier n'hésite pas une seconde.

Vévé, ayant fait connaissance avec les deux filles, les accompagne.

Jordan regarde son frère. Du coin de l'œil, ils se font signe et amènent avec eux le bel Italien dans une cabine. Ricardo, brûlant comme une braise, se dévêtit immédiatement, imité par ses partenaires.

Ricardo passe un moment inoubliable avec deux garçons bien membrés pour lui tout seul.

Leur amusement corps à corps dure plus d'une heure. Ricardo est épuisé, mais jamais il n'a connu une expérience comme celle-ci.

De l'autre côté, dans une belle villa sur les hauteurs de Ramatuelle, Vévé se trouve dans un grand lit avec deux filles.

Quelle soirée pour les triplés ! Des vacances de fous.

Les jeunes rentrent, puis finissent la soirée bien arrosée, allongés dans ce grand lit, en riant, en s'embrassant, en se taquinant. Puis, petit à petit, leurs paupières deviennent lourdes et ils s'endorment.

Vers onze heures, les garçons se réveillent entremêlés, un bras d'un côté, une jambe de l'autre.

Petit câlin du matin oblige, les trois garçons se trouvent au garde-à-vous!

Le personnel du bateau reprend les services et fait comme si de rien n'était, sauf le capitaine de bord qui se risque à une remarque, tout souriant.

— Bonjour, messieurs. Je vois que la soirée a été bonne!

Ils déjeunent ensemble face à la mer magnifique d'un bleu brillant avec un rayon de soleil.

Benji aperçoit une des employées s'apprêtant à descendre dans les cabines pour faire le ménage, il la stoppe aussitôt pour lui dire de ne pas s'en occuper, qu'ils vont le faire.

— Mais, monsieur, c'est mon travail!

— Elle s'est sentie gênée.

— Non! Ce n'est pas à vous de faire ça et, ne vous inquiétez pas, personne ne le saura. Et puis, appelez-moi Benji.

— C'est très gentil, mais je ne peux pas.

Benji monte voir le capitaine et explique que le personnel doit les appeler par leurs prénoms. Jordan fait un signe de la tête pour l'appuyer.

Les garçons se préparent. Benji regarde Ricardo et lui propose de passer la journée tous ensemble à la plage.

— Je ne veux pas vous déranger toute la journée.

— Mais non, au contraire! Et, entre nous, tu n'as pas dit non pour le plan.

— OK, mais c'est sûr! dit-il d'un sourire coquin.

Jordan appelle Vévé qui, de son côté, vit comme un pacha. Les jeunes femmes les dorlotent avec un copieux petit-déjeuner servi en terrasse, un bain moussant agrémenté de bougies autour d'une vaste baignoire de balnéothérapie.

Vévé s'assoit et il porte une robe de chambre de soie toute blanche, nu comme un ver en dessous, décroche. Il en parle aux filles qui acceptent aussitôt.

Toutes excitées, elles se préparent. Vévé chante à tue-tête, heureux comme un enfant.

Elles proposent aux garçons de les rejoindre sur la plage de Pampelonne, une presqu'île de Saint-Tropez.

Au bout d'une bonne heure et demie, tout le petit groupe se retrouve dans un club huppé de la Côte d'Azur. Tous avaient les yeux fatigués, mais leurs visages étaient épanouis.

Vive la jeunesse! Jordan, Benji et Ricardo sont venus en voiture, prêtée par le capitaine, un méhari rafraîchi, vêtu d'une capote en toile rigide, aux teintes vives d'orange et de noir.

Ils ont même embarqué la petite jeune qui travaille avec eux, alors que le reste du personnel est rentré chez eux, laissant seul le capitaine, occupé à contrôler l'embarcation.

Le capitaine fait le tour du bateau et tombe sur le jeu qui se trouve caché sous un lit et veut le ranger comme il faut. Intrigué et curieux, il se permet d'ouvrir la magnifique boîte faite à la main en bois.

Il épluche les cartes et la règle et se met à faire une partie. Il perd, il tire une carte noire qui indique ce qu'il doit exécuter. Il repose la carte immédiatement et range le jeu à toute vitesse.

Le capitaine remonte vite à son poste de commande et se sert un verre de whisky. Il transpire, il peine à respirer, il sort prendre un bol d'air.

D'origine russe, c'est un ancien messager de la paix pendant la Guerre froide alors qu'il n'était qu'un enfant.

Tout au long de cette fin de journée, il se pose mille questions au sujet des garçons. D'où viennent-ils? Comment ont-ils obtenu cette fortune?

La soirée commence à pointer le bout de son nez, tout le monde se quitte, mais pas tout à fait, car ils décident de se voir et d'organiser une grillade chez une des filles qui possède une villa sur les hauteurs de Saint-Tropez.

Puis, fatigués, les triplés rentrent au bateau, souhaitant se retrouver seuls.

Au lendemain, et au dernier jour ici, ils offrent un apéritif à tout le personnel qui a été merveilleux avec eux. Tout se passe dans la bonne humeur.

En début d'après-midi, les garçons se prélassent sur la Côte d'Azur, coiffés de lunettes de soleil et vêtus d'un slip de bain, profitant de leurs derniers moments sur la plage.

Au bout d'un moment, le capitaine se dirige vers Benji et l'interroge sur le jeu.

Benji retire ses lunettes et le fixe froidement.

— Vous avez fouillé dans nos affaires !

— Non ! J'ai fait le tour du bateau en votre absence et je suis tombé dessus.

— Vous avez ouvert la boîte. Hein, vous avez ouvert la boîte, oui ou non ?

— Oui !

— Occupez-vous de vos affaires, lui envoie-t-il en se levant et le pointant du doigt. Vous n'avez en aucun cas le droit de fouiller dans les affaires des gens. On vous paie assez pour faire votre travail correctement.

Cela hurle tellement que même les touristes qui se baladent sur le port entendent tout.

De colère, Benji s'enferme dans sa cabine.

Les deux autres le connaissent, Benji est sanguin, il faut le laisser se calmer.

Le bateau est plongé dans un silence complet.

Le capitaine se sent mal, il s'excuse auprès des garçons, mais aucun d'eux ne réagit.

Vers dix-huit heures, Ricardo, tombée folle amoureuse de Benji, apparaît en bas du yacht. Malheureusement, ce n'est pas le jour pour le déranger.

Un des hommes de la sécurité lui répond que les garçons ne veulent voir personne.

Jordan se met à tribord pour fumer une cigarette et aperçoit, assis sur le bord du port, Ricardo, l'air triste.

Il l'appelle et dit aux gardes de le laisser monter. Ricardo l'embrasse avant que Jordan lui explique la colère de Benji.

À bâbord, Vévé et Benji sont installés à table. Jordan longe le yacht pour les rejoindre, suivi de Ricardo.

— Qu'est-ce qu'il fait ici ? Interroge Benji d'un ton sec, sans même adresser un regard à l'italien.

— Oh ! Ricardo te dit de te calmer ; il vient te voir et s'en va, il vient nous dire au revoir.

— Oui, je vais demain à Naples et je sais que vous partez aussi.

— Et alors ? lui rétorque Benji méchamment.

Ricardo, gentil et très sensible, quitte en courant le bateau, en pleurs. Lui

Jordan veut le rattraper, mais Benji l'attrape par le poignet.

— Laisse-le !

Le capitaine, voyant toute la scène de son poste de commandement, est sidéré par le comportement du jeune homme.

Vévé, lui, n'a pas dit un mot depuis la dispute.

Ricardo se cache sous ses grandes lunettes de soleil et marche seul dans les rues de Saint-Tropez. En larmes, il se rend à pied au clocher.

Quelques heures passent et le calme est revenu. Les filles, paniquées, viennent voir les garçons pour savoir s'ils n'auraient pas vu Ricardo.

Les triplés descendent de la passerelle et expliquent ce qu'il s'est vraiment passé. Les filles proposent de finir la soirée ensemble, car c'est la dernière pour assez d'entre elles aussi.

Mais la priorité est de trouver Ricardo. Une de ses amies pense savoir où il est, car c'est toujours là qu'il se rend quand il est malheureux. Tout le petit groupe va directement au clocher. Sur place, ils ne trouvent personne.

— Si Ricardo est là, je sais où il peut être ! Dis l'une d'elles.

Tout le monde la suit. En effet, Ricardo est près, il se trouve sur la place mythique de Saint-Tropez où de grands acteurs ont joué des gendarmes dans de grands films.

Les filles courent de joie vers lui, alors qu'il est assis sur un banc face au musée de la place Blanqui. Les garçons restent tranquillement.

— Mais où sont-ils ?

Mais Benji s'approche de Ricardo et lui demande pardon.

Les deux garçons ne se lâchent plus de la soirée.

Au bout d'un bon moment, ils décident de s'échapper pour se dire un au revoir particulier. Ils repartent au bateau. Ils embarquent à bord du méhari, sans en avertir le capitaine, pour rallier les collines de Saint-Tropez en pleine nuit. Les deux garçons s'éloignent un peu pour éviter qu'on les voie.

Ils font l'amour. Leur sentiment est de plus en plus fort. Mais, soudain, une pulsion... Une image prend place dans la tête de Benji. Pendant que Ricardo s'affaire ailleurs avec son partenaire, ce dernier saisit le tronc d'un pin, attrape les longs cheveux blonds de Ricardo et le contraint à absorber son membre jusqu'au fond de sa gorge. Il termine en lui assénant un coup violent sur la tête.

Ricardo tombe d'un coup sec sur le sol, Benji s'habille et file à la voiture pour prendre une corde. Le temps de remonter, Ricardo a bougé, Benji le cherche tel un loup affamé.

Il le retrouve, le plaque au sol. Ricardo tente de se défendre, mais Benji possède une force incroyable. Un mauvais coup, et Ricardo perd conscience.

Benji noue une corde au premier arbre, porte le corps de Ricardo et l'installe sur un tronc.

Ricardo se réveille au bout de quelques minutes, se demandant où il est, nu et attaché.

À peine se met-il à crier que Benji donne un coup sur la souche et regarde Ricardo agoniser. Soudain, plus de bruit, silence.

Benji s'enfuit et gare la voiture avant d'aller se coucher discrètement.

Quelques minutes plus tard, Vévé et Jordan arrivent. Ils toquent à la porte de la cabine de leur frère, mais n'obtiennent pas de réponse.

Au petit matin, les triplés quittent le bateau et saluent tout le personnel, un taxi vient les récupérer et s'en va.

Pendant le voyage, Benji reste silencieux.

Vers dix heures quarante-cinq, un homme se promène tranquillement sur la colline et tombe nez à nez avec le cadavre avant de s'évanouir.

Son chien court à vive allure jusqu'au premier village de vacances. Le propriétaire le connaît et comprend qu'il y a un problème. L'animal aboie et rebrousse chemin et emmène l'homme sur les lieux. Il voit le maître au sol, mais pas le corps nu pendu à un arbre.

Le monsieur se réveille, et les yeux à peine ouverts, il retombe en voyant le corps. Le propriétaire relève la tête et crie.

« Oh mon Dieu ! »

Aussitôt, le propriétaire contacte son meilleur ami qui fait partie de la gendarmerie et explique qu'un homme est au sol et qu'un jeune est pendu à un arbre.

Quelques instants plus tard, les autorités arrivent sur les lieux et constatent le drame.

Un des gradés appelle du renfort, appelle les pompiers et un médecin pour authentifier le corps et la cause de la mort.

Le propriétaire est tellement sous le choc qu'il est immédiatement transporté à l'hôpital de Saint-Tropez, qui se trouve dans la commune de Gassin.

Le lendemain du drame, le propriétaire est convoqué à la gendarmerie.

Il explique en détail comment ils ont trouvé le corps du jeune homme. Soudain, le gendarme reçoit un appel du légiste lui demandant de le rejoindre.

L'interrogatoire est terminé. Au bout de quelques minutes, l'officier et un collègue arrivent à la morgue et rencontrent le médecin qui a procédé à l'autopsie.

Ce n'est pas un suicide comme on voulait nous le faire croire. Il a reçu un puissant coup sur le crâne. En voici l'impact. Vous voyez, il reste des débris de pin. Mais il n'a pas saigné, étonnamment. Et ce jeune devait être attiré par les hommes, j'ai retrouvé au fond de sa gorge une rougeur assez prononcée et du liquide séminal sur la trachée. Ce n'est pas terminé, une forte pénétration anale a causé une déchirure de l'épithélium et du derme du canal. Donc, il a dû avoir plusieurs partenaires à la fois. Et pour finir, à l'intérieur de la bouche et surtout à la hauteur du frein, voici dans cette petite épuisette un mini poil, presque un duvet, du pubis d'un de ses partenaires. Je vais l'analyser ainsi que le prélèvement du liquide séminal. Il faudra attendre environ trois semaines à un mois pour recevoir les résultats.

Les gendarmes le remercient et décident de refaire un tour sur les collines. L'un d'eux voit un signe gravé au couteau sur l'arbre.

Peut-être que ce signe y était déjà.

L'enquête peut commencer.

Fin de journée.

À l'autre bout de la Méditerranée, les garçons arrivent dans les Pyrénées-Orientales, en gare de Perpignan.

Un taxi les attend pour se rendre à Collioure, une jolie commune qui se trouve sur la côte Vermeille. Cette commune est réputée pour ses différentes galeries, ses vignobles et sa gastronomie.

Entre la gare de Perpignan et Collioure, il faut compter une grosse demi-heure de trajet.

Ils arrivent sur les hauteurs de Collioure, admirent le panorama, prennent des photos, puis entrent dans un hôtel spa fabuleux, un endroit charmant avec vue sur le clocher et la plage de Collioure. Ils s'y installent paisiblement.

Le voyage a été long, très long, et ils décident de manger une petite salade fraîche et un dessert avant de s'accorder un repos bien mérité.

Parallèlement, chacune des filles est rentrée à bon port, dont une du côté de Grasse, une ville superbe, chic.

Elle qui a passé une nuit torride avec son autre copine, retournée à Paris, raconte son aventure de Saint-Tropez à sa famille sans aller dans les détails.

À ce moment-là, les informations du 19-20 sont diffusées sur France 3. Elle hurle en voyant la photo du garçon dont le corps a été retrouvé pendu à Saint-Tropez. Elle laisse tomber le verre qu'elle se servait.

— C'est Ricardo ! C'est Ricardo !

Ses parents viennent au secours de leur fille qui se roule par terre, entre un mélange de peine et de colère.

Impossible de l'arrêter. Désemparé, le père appelle immédiatement leur médecin traitant qui intervient rapidement. Il fait une piqûre à la jeune qui s'est endormie profondément dans son lit.

Sur les demandes du praticien, la mère en pleurs explique ce qu'il s'est passé.

Le médecin les calme, puis annonce qu'il reviendra le lendemain pour voir l'état de santé de la fille.

Les parents sont complètement perdus. Le père entame des recherches sur Internet pour en savoir plus sur ce drame, alors qu'une notification apparaît sur le portable de la jeune fille.

Ils lisent attentivement l'article, la mère en tremble de tout son corps.

Le père entrebâille doucement la porte de la chambre pour voir si sa fille va bien. Elle dort à poings fermés.

À Collioure, le 1er août 2020, vers 12 h 30, les garçons se réveillent et contemplent le paysage.

Ils décident de visiter la ville. Ils se promènent dans les ruelles avec leurs murs colorés, de petites galeries d'art et différents restaurants qui donnent l'eau à la bouche.

Désireux de goûter aux spécialités catalanes, ils s'arrêtent dans l'un d'eux. Le tenancier au fort accent leur propose différents plats ensoleillés, des tapas notamment, n'étant pas loin de la frontière espagnole.

Un plateau de tapas s'étend longuement pour accompagner un vin des cépages de Collioure. Des coupelles en terre cuite résistantes, vitrifiées et rustiques, garnies de spécialités locales, sont disposées sur le plateau. Cela comprend un mélange de poivrons aromatiques, d'aïoli, d'escargots à la catalane, de petites saucisses, de boudin noir grillé, de chorizo, de pain avec une tranche de tomate râpée et une fine tranche fumée appelée serrano. Les anchois ne sont pas en reste. Pour terminer, voici une crème catalane maison. Un délice, ce premier repas en pays catalan.

Ils mènent une belle vie, alors que, de l'autre côté, domine la stupéfaction. La jeune fille s'est bien réveillée et, après avoir discuté avec ses parents, elle appelle toutes ses amies abasourdies par la nouvelle.

— Le pire, c'est ses parents! Ils n'avaient que lui, c'était leur bébé. Ils avaient accepté tout de suite son homosexualité, ils avaient compris sa différence dès son enfance parce qu'il ne s'amusait qu'avec des jeux de filles.

La gendarmerie française contacte la police de Naples, qui se rend au domicile des parents de Ricardo. La maman, croyant que c'était son fils qui rentrait, ouvre la porte de joie, mais son visage se modifie aussitôt quand elle voit le véhicule garé devant chez elle. Les officiers arrivent sur le seuil et enlèvent leur casquette. Avec une voix remplie de regret, ils lui annoncent la tragique nouvelle.

Elle s'écroule, mord fortement son torchon pour éviter de hurler. Les policiers la relèvent alors que son mari revient de la boulangerie du coin. Comprenant ce qu'il se passe, il jette le pain au sol et se met à crier.

— Mon Ricardo! Mon Ricardo!

Les voisins sortent de chez eux. Tout le quartier hurle, en larmes.

Ricardo, c'était l'amour, leur protégé. Il rendait service à tout le monde, il savait coudre... Il savait tout faire. Il était beau, il voulait devenir mannequin, et son rêve, c'était d'aller à Paris. Il était fervent admirateur de Dalida, une chanteuse de renom des années 1970 et 1980, une figure emblématique de la communauté LGBT.

Tous l'appelaient Riri, au lieu de Gigi, et le pire, c'est qu'il venait d'avoir dix-huit ans. Il était parti à Saint-Tropez, ses premières vacances en France payées par un top-modèle parisien qui l'aimait beaucoup.

Deux jours plus tard, le corps de Ricardo est rapatrié.

Une grande marche en son hommage est organisée dans tout le quartier, relayée par la télévision et certaines radios napolitaines.

Mais l'enquête continue de son côté.

Toutes les filles qui étaient présentes à Saint-Tropez ont fait le voyage pour assister aux obsèques de ce jeune Italien. L'émotion est immense. La mère de Ricardo ne croit pas une seconde au suicide. C'est ce que la police italienne a transmis à la famille.

Côté catalan, les trois frères profitent à fond de leur séjour en visitant toute la côte, Banyuls-sur-Mer, Argelès-sur-Mer, Saint-Cyprien, Canet-En-Roussillon, sans oublier Le Barcarès.

Ce 16 août 2020, comme c'est de coutume, à Collioure se déroule la fête de la Saint-Vincent, une féria avec des bandes du coin, des musiciens tout autour de la ville. Le soir, au clocher, un immense feu d'artifice est tiré. La fête bat son plein.

Le lendemain, pour se baigner une dernière fois avant de rentrer à Paris, ils se rendent à la plage du Racou, un endroit très accueillant.

Puis ils décident, dans l'après-midi, d'aller faire un saut en Espagne avec la voiture qu'ils ont louée. Direction Le Perthus.

Le personnel de l'hôtel leur a donné toutes les informations pour y aller, mais il a bien averti les triplés qu'il y avait énormément de monde en cette période. Au bout d'une bonne heure de route, ils arrivent sur les lieux, bien décidés à acheter des bijoux, des montres et autres...

— Allez à La Jonquera, leur dit une femme. C'est moins cher et il y a un immense magasin.

À la frontière, deux policiers espagnols arrêtent Jordan et lui demandent de présenter ses papiers. La garde refuse de les laisser passer, les garçons s'éloignent. Ils arrivent à destination, un vaste complexe avec des dizaines de boutiques de vêtements, de chaussures, de décorations, de parfums, de cigarettes, de bijoux... Même un supermarché espagnol, divers petits restaurants et un grand buffet libre où vous pouvez manger à volonté.

Les garçons dépensent sans compter, remplissant le coffre de la berline. Ils repartent heureux.

Ils prennent la direction de Perpignan, visitent le Castillet sur la place principale de la ville en côtoyant les accents qui chantent et une grande communauté de gitans qui en ont fait leur quartier depuis plus de quatre cents ans.

Les garçons mangent dans un petit restaurant typique de la région. La table voisine est composée de filles et de garçons, tous célibataires. Les regards se croisent et à la fin du repas, ils se réunissent et font connaissance.

La bande propose aux triplés de leur faire visiter la ville et de finir la soirée autour d'un verre.

Vévé et Jordan ont chacun un petit coup de cœur pour deux filles et Benji craque pour le charme d'un beau brun très fin, dans l'appartement duquel ils se rendent. Un beau logement de classe face à la mairie de Perpignan. Au bout de quelques heures, les garçons remercient de l'invitation, s'échangent les numéros et les réseaux sociaux.

Reprenant le train de bonne heure, ils ne vont pas beaucoup dormir.

Le lendemain, ils se lèvent timidement, déjeunent sur le pouce, finissent de préparer leurs bagages et partent pour la gare de Perpignan.

Une petite heure plus tard, les triplés se trouvent déjà dans le TGV qui les mènera à la gare de Lyon dans un peu plus de cinq heures.

Le voyage se passe à merveille.

Soudain, le TGV est obligé de s'arrêter pour un incident technique à la gare de Montpellier Saint-Roch. Trois heures d'attente, les frères en profitent pour effectuer une courte exploration. En route vers la place de la Comédie, une place magnifique animée par la jeunesse et ornée d'une fontaine et d'un théâtre.

Un des frères crie : « Vite, vite, on va rater le train. »

Arrivés à destination, ils se dirigent à vive allure pour prendre le métro, mais un barrage de policiers armés les arrête. Arrêts. Jusqu'aux dents, contrôle chaque identité de chaque passager.

Les triplés se regardent. Un officier les fixe droit dans les yeux et demande à Vévé d'enlever sa casquette et ses lunettes.

Au bout de quelques secondes, il les laisse passer, mais d'autres patrouilles dans toute la gare. Benji reconnaît au loin le jeune commissaire qui fait les cent pas et attrape Jordan pour lui faire changer de direction.

Les frères réussissent à monter dans un des métros pour L'Étoile avant de prendre la ligne six vers Nation pour s'arrêter deux stations plus loin, à Courcelles.

Ils sortent prudemment et longent la rue de Courcelles jusqu'à leur domicile.

Ouf! Ils sont bien arrivés. Les garçons posent leurs bagages et s'affalent tous les trois sur ce grand canapé d'angle. Ni une ni deux, ils s'endorment même au point de ronfler.

Ils se réveillent, la tête dans le cirage, complètement désorienté, ouvre les fenêtres pour aérer, puis chacun va se doucher, range ses affaires avant de passer une soirée tranquille.

Aux alentours de vingt heures, on sonne à leur porte. Benji regarde à travers le Judas, voit une vieille dame et fait signe à ses frères de se taire.

— Bonsoir, dit-il après avoir entrebâillé la porte.

— Désolée de vous déranger, annonce-t-elle en tentant en vain de regarder à l'intérieur. C'est simplement pour vous dire qu'un colis a été livré pour vous. Je me suis permis de le récupérer.

Je vous remercie. Quel étage habitez-vous ?

— Juste en dessous... Pourquoi cette question ?

Benji trouve l'argument de lui offrir un bouquet de fleurs.

— Merci beaucoup, madame.

Et la porte se referma.

Petite soirée simple et tranquille entre frères.

Jordan voudrait faire une partie pour s'amuser à leur jeu. Mais Benji et Vévé refusent.

Il boude un peu, Benji prépare le repas avec des spécialités qu'ils ont rapportées de la Côte d'Azur et du Roussillon.

Une information de dernière minute tombe sur les portables. Un corps pendu sur un arbre retrouvé sur les hauteurs de Saint-Tropez. Benji commence à avoir des sueurs. Ses frères le regardent. Il explique.

Il zappe sur les chaînes du câble pour atteindre France3 Côte d'Azur.

— Augmente légèrement le son ! dit Benji à Vévé.

Flash. Un corps d'un homme d'une cinquantaine d'années a été retrouvé pendu il y a quelques jours sur les hauteurs de Ramatuelle, dans le Var, mais ce n'est pas celui que la gendarmerie a trouvé dans les mêmes circonstances.

Les deux frères se regardent alors que Jordan écoute de la musique dans sa chambre.

— Combien ? En as-tu tué ? Vévé demande à son frère.

— Que Ricardo ! lui répondit-il, abasourdi. L'autre, ce n'est pas moi, c'est sûr.

Dehors, il pleut comme le poing, le soleil leur manque déjà.

Ils mangent et discutent de tout ce qui s'est passé. Ils prennent la décision de se calmer, car les enquêtes se rapprochent. Ils sentent l'étau se refermer.

Quelques jours après, Paris recouvre son train de vie de folie.

Fin août 2020, au petit matin, les garçons décident de passer la journée sur le canal Saint-Martin pour retrouver des amis.

Jordan appelle leur chauffeur, qu'il n'avait pas vu depuis deux mois. Elliot se sentait malheureux de n'avoir pu le voir. Tout au long du trajet, Jordan lui adresse des clins d'œil.

— Qu'est-ce que vous avez fait cet été ? Lui demande Jordan.

Rien de particulier, je suis resté ici.

D'accord !

Et la discussion se termine. Les voici à la hauteur de la passerelle Bichat. Sur un des murets se trouve un dessin d'un homme bras en croix avec une flèche noire dont la pointe se situe au niveau du cou.

Benji le voit en marchant et a aussitôt l'idée de l'ajouter à leur jeu.

Les garçons rejoignent leurs amis qui étaient déjà assis sur le bord du canal. Et un coup de coude à tous. Eh oui ! C'est la nouvelle mode venue avec la COVID-19.

Les retrouvailles se font dans la joie et tout ce petit groupe raconte ses aventures.

Jordan a même invité le chauffeur, étant du même âge qu'elle.

Les triplés veulent organiser un apéritif avec les spécialités qu'ils ont rapportées de leurs vacances, du vin, de la charcuterie, du sucré... entre autres.

La journée se passe très bien, puis, dans le courant de la soirée, ils décident de continuer leurs petites fêtes dans un restaurant chinois dont la particularité consiste à manger sur une plaque chauffante installée directement sur la table une bonne fondue de viande ou de poisson.

Mais cet établissement se trouve dans une rue du onzième arrondissement remplie d'histoires, mais surtout d'émotions, puisqu'elle a été le théâtre sanglant des attentats du treize novembre deux mille quinze.

Tous ont une pensée pour les personnes décédées lors des deux attentats meurtriers perpétrés cette année-là à Paris.

La Rentrée

En septembre, la rentrée a lieu. Les grandes vacances sont déjà derrière nous. On voit dans les rues de Paris des centaines d'enfants, tous habillés à la mode d'aujourd'hui, avec leurs cartables roulants, souriant aux lèvres à l'idée de retrouver leurs copines et leurs copains. Changement de classe, passage au collège ou au lycée pour d'autres.

Les garçons décident de trouver un job, car avoir de l'argent, c'est bien, mais avoir un boulot, c'est encore mieux.

Benji est passionné et cultive un certain talent pour la cuisine et la pâtisserie. Vévé, lui, se sent plus à l'aise dans le secteur musical et artistique. Jordan, lui, au contraire, s'oriente davantage vers le monde des affaires et de la finance. Son rêve serait de travailler dans les tours de La Défense.

Les garçons décident de franchir un nouveau cap et de vivre chacun leur indépendance, facilitée notamment par leurs biens ; l'appartement dans le quatorzième, un autre dans le huitième, puis le dernier, un deux-pièces très mignon, qu'ils ont acheté juste avant de partir en vacances.

Ce nouvel achat se situe dans le neuvième arrondissement, à la limite des boulevards Poissonnière et Haussmann, face au musée Grévin, endroit très apprécié et réputé de Paris. C'est un quartier très animé.

Ils se mettent d'accord et chacun choisit son logement sans ambiguïté.

Benji exige qu'ils se voient chaque week-end, le samedi ou le dimanche.

Une semaine plus tard, c'est l'emménagement. Benji a opté pour le quatorzième, Vévé pour le neuvième arrondissement et Jordan pour le huitième.

Mi-septembre, c'est leur anniversaire. Ils organisent une soirée dans le plus grand et le plus chic des appartements, celui du huitième, rue de Courcelles. Que des invités triés sur le volet. Même Elliot y est convié.

C'est le chauffeur officiel de Jordan. Vévé et Benji se sont acheté une voiture pour l'un et une moto pour l'autre. Et chacun prend le métro ou le RER.

Pendant ce temps, les enquêtes progressent.

À Saint-Tropez, les investigations ont conclu à un suicide pour l'homme d'une cinquantaine d'années retrouvé pendu dans la colline.

Pour Ricardo, sa mère refuse de croire à cette même thèse qu'on lui a servie. Et les jeunes filles qu'il a côtoyées. Ont toutes été interrogées par les polices françaises et italiennes.

Il y a quelques jours, les résultats de l'institut médico-légal sont arrivés sur le bureau du commandant de la gendarmerie de Saint-Tropez. Ils indiquent que le coup au crâne a bien été provoqué par une partie adverse et que la muqueuse de liquide séminal dans le fond de la gorge et le petit poil d'un pubis retrouvé sur le frein labial proviennent d'un homme.

Des traces de pneus ont été identifiées sur le chemin, mais sur la corde qui a servi à la pendaison, aucune empreinte de chaussures, même pas une cigarette, un préservatif, une cellule morte d'une peau... Rien.

Mais la gendarmerie contactera très rapidement l'homme dont on a trouvé les muqueuses et le propriétaire du véhicule.

À Cannes, un ongle cassé a été retrouvé, des prélèvements ont été effectués, mais aucun ADN ne connut dans les fichiers de la police nationale ni de la justice.

La jeune fille a été enterrée dans le caveau familial au cimetière de Mandelieu-la-Napoule, à côté de Cannes.

À Paris, les inspecteurs ont effectué plusieurs recherches et n'ont abouti qu'à très peu d'éléments.

Le divisionnaire, tout juste revenu de ses vacances merveilleuses, mais régulièrement en contact avec son indicateur, actif sur les lieux cet été, se demande toujours comment ils ont fait pour amener les deux corps de la fille et du garçon jusque sur le quai.

Différents meurtres en à peine cinq mois. Mais il y a tellement de faits divers quotidiennement qu'il est difficile de pouvoir tout élucider rapidement.

Du côté de Saint-Tropez, deux jours après, deux personnes sont convoquées à la brigade de gendarmerie. Le propriétaire du Méhari est reparti en Russie, il avait loué pour ses clients la voiture pour toute la saison. Même le yacht a quitté le port. L'habitant de Ramatuelle d'une vingtaine d'années, quant à lui, explique tout sans rien cacher et dit avoir été informé du drame par le journal local et la télévision régionale.

— Pourquoi n'êtes-vous pas venu nous voir ?

— Mais je ne savais pas que j'allais être convoqué pour cette affaire.

Le gendarme baisse la tête et continue son rapport.

L'individu détaille sa rencontre avec le jeune Italien.

— Depuis plusieurs jours, j'allais à la plage. Et j'ai vu ce garçon très mignon qui traînait souvent avec une bande de copines. Sa serviette était fréquemment placée à côté de la mienne et, au fur et à mesure, nous avons discuté. Ce jour-là, je ne pouvais pas le voir le soir, car je travaillais pour une soirée mondaine, donc on s'est vu en début d'après-midi.

Je suis allé le chercher avec ma moto et l'on est parti dans un coin tranquille que je connais. Et l'on s'est longuement dit au revoir, si vous voyez ce que je veux dire, monsieur le gendarme. Ensuite, il est arrivé sur le port de Saint-Tropez.

Le gendarme reste stoïque, écoute et prend des notes. Au bout de plusieurs minutes intenses, il est relâché, l'enquêteur estimant que ses dires tiennent la route.

Mais l'enquête doit continuer.

À Paris, chacun des frères vit pleinement son indépendance.

Jordan invite de son côté Elliot à manger avec lui. Petit repas aux chandelles. Jordan adore les roses et les arums, ce sont ses fleurs préférées.

Vévé contacte une amie, qui pourrait être une ex-petite amie, pour qu'ils passent une soirée ensemble.

Benji passera la soirée du 21 septembre 2020 seul. Il aura un petit plateau-repas, regardera une série policière, prendra une bonne douche, puis décidera de s'amuser en jouant seul à ses jeux. Mais avant, il dessine une nouvelle carte noire avec une exécution. Il joue, il réussit les trois dés avec les mêmes chiffres que des six. Mais il veut jouer une deuxième fois, il perd, tire une carte de couleur noire. Il a une semaine pour passer à l'action. Il a une envie terrible, comme si le diable ou un des démons le forçait. Benji y a pris goût.

Une pulsion lui vient soudainement. Il s'habille et prend sa moto pour se rendre dans un des saunas parisiens.

Sur les lieux, il entre, paie et va se mettre en tenue d'Adam, juste une serviette autour de la taille. Il fait le tour et aperçoit un homme d'une trentaine d'années qui l'intéresse.

Les deux se tournent autour pendant des heures. Un coup dans le hammam, un coup dans la baignoire à remous.

En fin de soirée, tout le monde est parti, sauf les deux garçons. Le patron fait le tour, mais ne voit personne. Ils se sont cachés dans une pièce très sombre, ils commencent à peine à se toucher. Benji se laisse faire et, au moment où son partenaire décide de lui enlever sa serviette, Benji attrape sa tête avec ses deux mains et lui casse les cervicales. L'homme s'effondre comme un poids mort sur le sol.

Benji repart sans faire de bruit aux vestiaires, se rhabille et quitte discrètement le sauna sans que le patron le voie, occupé à nettoyer de l'autre côté. Il reprend sa moto stationnée quelques rues plus loin.

Au bout d'un quart d'heure, le directeur du sauna allume la backroom et voit l'homme étendu. Immédiatement, il appelle les secours qui arrivent quelques minutes plus tard, la caserne étant toute proche.

La police se rend aussi sur les lieux et constate l'homicide. Elle trouve un homme dans tous ses états, qu'elle interroge.

Oui, il y a des caméras, mais pas dans toutes les pièces. De plus, nous avons connu une panne de courant importante cet après-midi. Les techniciens ne peuvent venir que demain en fin de journée.

Un officier lui demande s'il n'aurait pas aperçu quelque chose d'anormal. Le patron encore sous le choc ne voit pas, d'autant plus que son établissement brasse du monde. D'habitude, ils sont deux à travailler au sauna, elle et son mari, mais, aujourd'hui, ce dernier avait des rendez-vous importants.

À deux heures et demie du matin, le corps de l'homme est transporté dans une des morgues de Paris.

Les policiers continuent leurs investigations et l'un d'eux distingue sur le mur de la backroom un signe gravé, mais difficile à définir. Ils retournent à leur brigade et l'un d'eux tape le rapport en détail.

Benji, lui, est rentré comme si de rien n'était. Il finit tranquillement de regarder sa série.

Vévé, de son côté, passe une belle nuit remplie d'amour et de tendresse avec son ex-petite copine et Jordan, en compagnie de son chauffeur.

Quelques jours défilent, la vie continue, mais Vévé rencontre des tensions avec son ex-conjointe qui est d'une jalousie maladive.

Vévé n'en peut plus, l'avertit qu'il la quittera si ça se poursuit ainsi, mais elle s'évertue à contrôler ses moindres faits et gestes.

Vévé appelle ses frères et s'explique.

— Largue-la ou tue-la! Lui dit tout simplement Benji, alors que Jordan s'amusait.

Vévé ne répond pas.

Le dernier jour de septembre, les garçons organisent une soirée tous les trois dans un joli petit restaurant coréen qui se trouve dans le quartier République. Les triplés sont heureux de se revoir et se racontent chacun leur petite vie indépendante.

Vévé explique qu'il n'en peut plus de son ex.

Au moment où il parle d'elle à ses frères, elle lui envoie des messages menaçants, et il leur en fait part.

— Tu sais ce qu'il te reste à faire, intervient Benji.

— Mais non, Benji, arrête avec ça! On ne peut pas.

D'un coup sec, Jordan pose sa main devant la bouche de Vévé qui a tendance à parler un peu fort.

Les tables d'à côté se tournent vers eux. Plus un bruit!

La soirée se poursuit. Les messages aussi. Benji prend le portable de son frère, le met en silencieux et, en même temps, répond froidement à la fille, ce qui la calme instantanément.

Le repas continue dans la bonne humeur.

Après le restaurant, Benji propose d'échanger pour cette nuit leurs appartements avec Vévé.

Vévé a très bien compris. Il accepte immédiatement.

— Bonne soirée. Tu as tout ce qu'il te faut, amuse-toi bien, lui dit son frère.

Benji traverse tout Paris pour se rendre dans le quatorzième.

Vévé gare la voiture dans un des garages souterrains qu'ils ont achetés et rentre à pied.

Il passe devant la brasserie à la devanture rouge et de couleur noire et fait signe au patron.

Ce dernier pense que c'est le même garçon qu'il voit de temps en temps, sans se douter qu'ils sont trois.

Il pénètre dans l'appartement et commence à tout préparer.

Son ex-copine lui envoie un message après quelques heures de répit, sans rien de méchant. Elle s'excuse pour la énième fois. Vévé lui répond et lui propose d'aller la chercher et de dormir ensemble cette nuit.

Mais elle pense se rendre comme d'habitude dans le petit deux-pièces du côté du musée Grévin.

Vévé la récupère et va à l'appartement qu'elle ne connaît pas.

Il lui met un bandeau sur les yeux pour lui faire croire à une surprise. Elle se pose des questions.

— Vévé, que me fais-tu ?

— T'inquiète, laisse-moi faire, c'est une surprise. Tu me fais confiance ou pas.

Vévé a retiré son bandeau, révélant à sa stupéfaction la magnificence du cadre, orné de vastes fenêtres offrant une lumière abondante, d'un somptueux plancher, de spacieuses armoires, de deux chambres confortables, d'une vue panoramique sur les toits de Paris. L'architecte d'intérieur renommé de la ville avait soigneusement conçu et aménagé cet espace.

Après cette visite, Vévé la guide au salon, s'assoit et lui offre un verre.

Ils parlent pendant de longues minutes et Vévé l'emmène dans une des chambres avec lumière tamisée, petite bougie.

Les deux tourtereaux s'embrassent et s'enlacent. Vévé la déshabille, commence à lui faire l'amour. L'excitation monte de plus en plus. Au moment où la colère l'emporte sur le désir, il s'empare d'un coussin pour faire taire sa copine qui est du genre expressif.

Tout en continuant à lui donner du plaisir, il bloque sa bouche et son visage de toutes ses forces jusqu'à ce qu'elle ne puisse plus respirer.

Les bras, les jambes ne bougent plus, plus un bruit, il contrôle son pouls et l'emmène dans la pièce que Benji a conçue.

Vévé enfile une tenue intégrale de chirurgien et se met à l'œuvre. Il souhaite qu'il ne reste aucune trace de son ex-petite amie.

Vers cinq heures du matin, il embarque plusieurs sacs dans sa voiture et prend la route après avoir envoyé un SMS à Benji lui expliquant qu'il part quelque temps.

La sonnerie réveille Benji qui lit le message et répond tout simplement « OK ».

Vévé traverse tout Paris et le périphérique dans diverses directions pour déposer les membres et organes de la jeune fille.

Il dessine le fameux signe uniquement au dernier endroit.

Mais où ?

Début octobre, après deux jours de périple, Vévé rentre à Paris. Pendant son absence, Benji a pris le soin de nettoyer de fond en comble l'appartement.

Jordan, de son côté, vivait le parfait amour avec Elliot.

Quatre semaines.

Depuis quelque temps, les différentes chaînes d'informations annoncent une nouvelle vague de l'épidémie de COVID-19.

Les garçons décident de se calmer afin de se faire un peu oublier tout au long du mois d'octobre.

Mais quelques jours après, le gouvernement déclare un nouveau confinement pour environ quatre semaines.

Les mesures imposées ressemblent à celles du premier. Certaines professions peuvent continuer à exercer leurs activités, tandis que d'autres sont strictement interdites.

Au cours de ces quatre semaines, les triplés décident de donner un coup de jeunesse à tous les appartements qu'ils possèdent. Ils refont la peinture, changent les sols, rénovent les cuisines, les salles de bains et les chambres.

Vévé et Benji adorent le bricolage. À la différence de Jordan, plus doué en informatique et en graphisme qu'en décoration d'intérieur.

Tout d'abord, à la fin du mois d'octobre, c'est la nuit d'Halloween; y aura-t-il un meurtre ou non? Les garçons invitent quelques amis en comité restreint pour le fêter dans le grand standing rue de Courcelles.

Tout le monde est maquillé, costumé. Une belle table remplie de citrouilles en forme de bougies, une soupe de sang avec un coulis de framboise, des morceaux de doigts faits en pâte feuilletée. La soirée spéciale des fantômes, de l'horreur, pour certains du diable.

De leur côté, les enquêtes progressent tout doucement, mais ce deuxième confinement ne va rien arranger.

Depuis plusieurs jours, la maman de l'ex-copine de Vévé est à la recherche de sa fille. Des plaintes ont été déposées, mais, vu qu'elle est majeure, cette dernière est dans son droit de vivre sa vie pleinement, sans même donner un signe de vie à qui que ce soit.

Les quatre semaines de confinement se terminent enfin.

Courant novembre, le froid commence à s'installer, l'automne est bien là. C'est une période magnifique, les feuilles tombent, des centaines de couleurs se mélangent.

Paris prépare Noël et ses illuminations, les décorations ainsi que les petits marchés artisanaux.

Les garçons continuent les travaux et sont en voie d'acheter un nouvel appartement, en cadeau. Mais Vévé a l'intention de vendre les deux-pièces.

Un jour de novembre, dans le quatorzième, Jordan peint les murs de l'appartement. Debout sur un escabeau, il aperçoit un homme qui n'arrête pas de faire les cent pas aux heures autorisées, en tenue de sport.

Il fixe en permanence son immeuble. Il croit rêver. Ce n'est pas la première fois qu'il voit ce vieil homme. Il finit la peinture et prend une douche. Soudain, un flash lui vient. Il l'avait vu sur le quai Saint-Bernard.

Au bout de quelques jours, les travaux ont très bien avancé.

Fin novembre, les garçons ne pensent pas une seconde que les enquêtes avancent, elles aussi, à grande vitesse.

Des dizaines d'interpellations ont été effectuées, des mesures d'instruction sont prises pour questionner les auteurs : les amies et la mère de Ricardo, les copines de la jeune fille de Cannes, les familles d'accueil, le capitaine du yacht, il est d'origine russe, un voisin qui aperçut une ombre au moment où les deux hommes furent tués, mais surtout une autre personne qu'aucun témoin n'a vue ni entendue, sauf le divisionnaire, c'est une grand-mère. La nuit du premier homicide, elle a sorti ses poubelles et jeté un coup d'œil à l'extérieur, dans l'immeuble en face.

Elle a bien vu une silhouette qu'elle a prise en photo.

Le commissaire a ajouté cette preuve comme pièce à conviction. Chaque service de la police et de la gendarmerie nationale s'est mis en relation concernant tous les meurtres non élucidés.

Les triplés apparaissent dans chacune des dépositions.

Début décembre, Vévé et Jordan ont envoyé plusieurs curriculum vitæ dans différentes entreprises de Paris, sans réponse.

Les fêtes arrivent. Les triplés décident de faire des achats.

Benji rentre dans une presse pour ses cigarettes et, dans l'attente, il voit les photos des personnes assassinées sur la première page d'un journal national. « Nous avons une piste très intéressante. » Benji l'acquiert et fonce pour montrer l'article à ses frères, sans calculer qu'un homme traîne souvent dans le quartier.

Les triplés rentrent et l'un ferme à clé derrière lui. Aucune photo sur l'article. Donc, Vévé se rassure un peu. Jordan fait voir discrètement cet homme qui tourne sans arrêt sur cette grande avenue.

Tous les trois ont faim et décident de prendre à manger dans la brasserie du bas.

Soudain, ils aperçoivent à travers la baie vitrée de l'établissement le vieil homme se rendant vers une voiture dont la portière s'ouvre. C'est le divisionnaire accompagné d'une jeune inspectrice. Ils discutent tous les trois sur le trottoir et regardent dans leur direction. Les garçons tournent la tête, rougissent.

Au bout de quelques minutes, la voiture s'en va et fait un demi-tour directement sur le grand boulevard avec le gyrophare, comme s'ils avaient une urgence. La voiture est garée devant la brasserie et ses trois occupants scrutent la baie vitrée.

Les garçons se sont levés et ont changé de place.

Ils ont trouvé l'excuse du froid pour se diriger vers le bar, alors « étonnant de voir des triplés », dit le patron à son employée. Celle-ci rougit et sert les garçons tandis que Vévé lui fait du charme.

Les garçons passent leur soirée et commencent à cogiter dans le cas où cela viendrait à tourner mal. Une grande discussion se met en place et durera toute la nuit.

Où se cacher, trouver les arguments, être en accord lors des interrogatoires...

Ils s'entraînent aux jeux de rôle et essayent de brouiller certaines pistes.

Ils prennent la décision de dissimuler le jeu qu'ils ont créé.

C'est le moment de se faire oublier quelque temps, dit Benji à ses frères.

Benji a expliqué comment procéder. On va partir quelque temps et se séparer. On se contactera par de nouveaux mobiles sur un autre numéro, puis il faudra qu'on change d'allure, d'aspect et de style vestimentaire. Il faut qu'on évite pendant un certain temps qu'on se fasse remarquer.

— D'accord, dit Benji à ses frères qui lui répondent favorablement.

Mi-décembre 2020, Paris est tout illuminé, redonnant un peu de joie à ses habitants.

Jour de neige.

Peu avant Noël, les garçons se sont offert un nouvel appartement dans le septième arrondissement, sur la rive gauche de la Seine. Pas très loin du pont Bir Hakeim, magnifique pont au-dessus duquel passe le métro, un lieu mythique et charmant où les artistes, mannequins et photographes aiment poser et tourner des clips, des publicités ou des films.

Paris, décembre deux mille dix-neuf, huit heures du matin. Le réveil sonne !

« Déjà ? » « Oh non ! » « On reste bien au chaud », murmure Vévé.

Dehors, il fait un froid de canard, la température a moins de quatre degrés, il gèle, le ciel est gris et brumeux.

L'un des frères ouvre grand les volets afin d'aérer les chambres et toutes les pièces de l'appartement.

Jordan pointe le bout de son nez et se penche sur le bord de la fenêtre. Inspirant un bol d'air frais, il admire Paris tout enneigé. La veille, la poudreuse est tombée en abondance.

De chez eux, ils ont une vue imprenable sur la belle dame de fer, la tour Eiffel.

Dans la nuit, une violente altercation a eu lieu avec des coups de feu, mais les garçons, trop bien dans leurs lits douillets, n'ont prêté aucune attention à ce vacarme.

En bas de chez eux, il y a tout un attroupement de policiers qui inspecte le moindre détail de la fusillade qui s'est déroulée.

Les conditions climatiques ne doivent pas leur faciliter la tâche. Bon, allez, un changement de vie s'impose.

Les frères peinent à trouver du boulot, malgré leurs diplômes et leur richesse.

Le jeudi 17 décembre 2020, à huit heures du matin, Jordan décide d'aller se promener dans les rues de la ville, après avoir passé une nuit agitée dans le quartier.

Il prend une bonne douche bien chaude, il se rase, puis il se brosse les dents de haut en bas. Il s'habille, vaporise un peu de parfum, et c'est parti.

Après une bonne nuit de sommeil, Vévé se sent bien et heureux aujourd'hui. Il a la pêche olympique.

— Où vas-tu ? demande-t-il à Jordan.

— Je vais faire un tour dans Paris, tu veux venir.

— OK, je me prépare, j'arrive ! lui répond-il, emballé.

— Allez, GO ! Fin prêt.

Les garçons longent à pied les grands boulevards parisiens dans un brouhaha de gens qui parlent fort et dont certains chantent à tue-tête, comme si la vie était épanouissante.

Il faut dire que le mois de décembre est propice aux achats, c'est la période magique où tout se met à briller dans les rues et les magasins, il y a même de la musique dans les passages et les métros.

C'est très agréable d'entendre cette douceur qui remplace largement les bruits infernaux des sirènes de pompiers de Paris et ceux des taxis qui klaxonnent parfois pour un rien.

Vévé porte sur lui une écharpe en laine rouge et blanc qu'il adore.

Elle est chaude et elle couvre bien la gorge et sa bouche afin d'éviter de respirer toutes ces émanations toxiques de la ville.

Je vous assure que ce n'est pas une blague. C'est affolant de voir toute cette pollution qui se dégage en permanence, entre les égouts, les pots d'échappement, etc. Affolant !

Vévé a un grand défaut : en plus d'être bipolaire, il est hypocondriaque, il a toujours peur de contracter une maladie, même un simple rhume.

Et aussi un toc : toutes les minutes, il regarde sa montre et se frotte les mains.

Son frère Benji, lui, est resté au chaud à l'appartement avec un bon café parfumé aux noisettes. Il est passionné par le café. En plus de passer ses journées dans les cafés-restaurants de Paris, son rêve est de voyager dans les pays où on le récolte.

Vévé, frigorifiée, se précipite dans les corridors du métro, la tête baissée, et, comme d'habitude, l'odeur persistante de brûlé lui assaille les narines, la gorge et les yeux, comme si elle souffrait d'une réaction allergique.

Toutes les deux minutes, un métro arrive à vive allure et freine brusquement, un monde incroyable sort à grande vitesse et court dans tous les sens au point de se bousculer.

Jordan et Vévé prennent la ligne six en direction de Charles-de-Gaulle, avant le RER A vers Châtelet-Les Halles.

En une fraction de seconde, la rame est d'un vide, silencieuse. Face à eux, un homme d'une trentaine d'années accolé à la barre qui n'arrête pas de les fixer d'un air méchant. Cet homme d'une grande corpulence avec un regard glacial, une barbe mal rasée, portant un long manteau de cuir noir comme s'il cachait une arme, il n'a d'ailleurs pas enlevé de tout le trajet ses mains de ses poches et une capuche.

Après dix minutes, le RER A arrive enfin à destination, puis, sans hésiter, ils se précipitent hors du métro. Vévé, son écharpe collée sur son visage, intrigué, tourne discrètement la tête pour voir si l'inconnu ne les suit pas. Ouf! En fait, non.

Bien qu'il soit né à Paris, le jeune homme est toujours sur ses gardes.

Le regard de cet homme était réellement impressionnant. Une cicatrice partait de son œil droit au bas de sa bouche. L'image qui lui restera en mémoire, c'est sa froideur.

Il y a vraiment des gens bizarres, se dit-il, avant de rigoler. Nous aussi, nous sommes étranges!

Les jeunes garçons courent à grande vitesse, en montant deux par deux les marches du métro parisien, quand, soudain, le portable de Jordan se met à vibrer. Il a reçu un message d'un numéro qu'il ne connaît pas. Il le lit et se bloque, abasourdi.

« Je t'ai vu. »

Il regarde autour de lui pour voir si ce n'est pas une connaissance qui se trouve dans le RER ou dans la rue.

« Salut, qui es-tu ? » « Où m'as-tu vu ? » répondit-il instinctivement.

« Dans le métro. »

« On est familier »

« Non, mais je t'ai croisé cette nuit. »

Il envoie un message à son frère pensant que cela peut être lui.

Son frère répond.

«Non, non, pas du tout.» « Tu as fumé. »

«Désolé, j'ai cru que c'était toi qui m'avais envoyé ce texto.» « Bises, à plus tard.»

Son téléphone se remet à sonner, mais il ne répond pas.

Continuant à marcher dans le froid, son répondeur vibre. Pas très rassuré, il écoute le message.

Cet appel concernait une proposition d'emploi saisonnier pour une durée de trois mois.

Aussitôt, Jordan contacte la société. Après quelques minutes de présentation, l'employeur lui suggère un entretien, ce que le garçon accepte.

— Vite, on reprend le RER, j'ai un entretien d'embauche dans deux heures, dit-il à Vévé.

— Génial!

Ce rendez-vous a lieu peu de temps après, à l'autre bout de Paris.

Une fois arrivé à l'appartement, il aperçoit son frère affalé sur le canapé, enroulé sous une couette.

Jordan soupire et le réveille. Benji se tourne en restant enveloppé.

Jordan a un entretien dans une entreprise cool! Annonce un des frères à Benji.

Jordan appelle le chauffeur pour le récupérer et l'emmener.

Au bout de quelques minutes, Elliot l'attend.

Le jeune laisse tomber tout son barda et se précipite sous une douche brûlante. Il est tellement content qu'il chante à tue-tête.

« Ce n'est pas fini, ce désordre », crie son voisin du dessous en tapant contre le mur. Je veux dormir !

Jordan ne prête pas attention à cela. Il se dépêche, court dans tous les sens dans l'appartement tout nu à la recherche de ses vêtements.

Son frère, le regardant faire, rigole.

— Oh, Jordan ! Tu as mis le feu au lac.

— Mais non, j'ai un rendez-vous important.

— Ah bon ? Où ça ? Benji pose la question.

— Je t'expliquerai au retour... Et tu pourrais faire le ménage !

— Oui, oui, tu inquiètes ! Ah, au fait, ton portable n'arrête pas de vibrer !

— Je verrai ça après. Là, je n'ai pas le temps, il faut que je me dépêche, il ne me reste qu'une heure avant mon entretien.

Et c'est vrai, au moins une dizaine de messages l'attendent.

À peine séché, il enfile un short boxeur blanc transparent, s'habille classe, pantalon à pinces, chemise immaculée. Des chaussures italiennes noires bien cirées, une coupe de cheveux parfaitement gélifiée, un petit coup de parfum.

Comme le dicton le dit si bien, il s'est mis sur son trente et un.

Le jeune homme attrape ses papiers, ses cigarettes et ce fameux portable qui vibre en permanence.

Il descend les escaliers à toute vitesse sous les yeux d'une vieille dame qui sort son chien, lequel aboie en le voyant.

— Bonjour, jeune homme ! lui dit-elle d'une voix aiguë. Que vous êtes élégant aujourd'hui !

— Bonjour, madame. Bonne journée.

Cette voisine de palier, très gentille, est toujours prête à rendre service.

Pressé et stressé, il se connecte sur son portable pour regarder tous les messages reçus, des publicités, sa meilleure amie et des menaces.

Le chauffeur aperçoit Jordan, lui ouvre la porte, le salue. Assis et attaché, il observe le conducteur.

Bonjour, vous allez bien. Pas trop froid ? l'interroge-t-il d'une voix craintive.

— Oui, monsieur.

— Mais cessez de m'appeler « Monsieur », dites plutôt Jordan, c'est d'accord.

— Oui, monsieur, lui répond-il en regardant dans son rétroviseur ?

Les sourires s'échangent et le dialogue s'installe entre eux.

Un des messages dit : « Je vais t'avoir.»

Sur le coup, Jordan pensa à son frère qui lui referait une blague comme à son habitude.

Les triplés sont très fusionnels, ils ne peuvent pas se séparer l'un de l'autre. Alors, pour se rassurer, Jordan décide d'appeler sa meilleure amie.

— Salut, mon amour !

— Salut, ma belle, comment vas-tu ?

— Et vous, comment ça va ?

— On se voit après. Là, je vais me présenter à un entretien pour un poste administratif.

En une fraction de seconde, il décolle son portable de son oreille.

— Je suis trop contente, je croise les doigts ! Je t'aime, à tout à l'heure !

— Bisous, ma belle ! À toutes !

Jordan rigole. Le temps du trajet, il reçoit de nouveaux messages.

« Je t'ai remarqué ! »

« C'est bien ! » répond-il immédiatement.

« Ne joue pas avec moi, je t'aurai. » « Ah ah ah ah ! »

Ce texto ne le rassure pas du tout.

Elliot n'arrête pas de le regarder, Jordan se montre gêné de l'insistance du chauffeur.

À vrai dire, il est fou amoureux de Jordan.

Jordan, qui est à la fois timide et coquin, essaie de le dévisager tout en regardant les paysages et les monuments de Paris. Le chauffeur s'engage sur le périphérique parisien sous la pluie et la neige mêlées. Il y a un monde, mais un monde... C'est surprenant de voir une circulation dense sans incident ni collision.

Dans la voiture, un silence! Pas un mot.

D'un coup, son portable vibre. Il sursaute.

Le chauffeur, ayant vu la réaction du jeune homme, rit.

« Je te poursuivrai jusqu'à ta mort !»

Alors, là, le garçon ne rigole plus du tout, il commence sérieusement à se poser des questions.

— Mais qui est ce type qui tape dès le matin, avec ses menaces?

Le chauffeur l'observe et relance un sourire coquin.

— Une personne qui vous a vu dans vos actes.

Jordan fronce les yeux et lui jette un regard froid.

— Occupez-vous de vos affaires.

Soudain, l'ambiance est devenue glaciale.

Au bout de trois quarts d'heure de trajet, le garçon descend et fonce tout droit à son rendez-vous.

Il rentre dans un immeuble d'une vingtaine d'étages du côté de la Défense. Il se présente et demande à l'hôtesse d'accueil le bureau concerné.

L'entrée du bâtiment est revêtue de marbre blanc et des murs déteints chocolat avec d'immenses rideaux turquoise. Le mariage des couleurs est extraordinaire.

Ça lui donne même l'idée de refaire sa décoration dans l'appartement qu'il partage avec ses frères.

Une des secrétaires le guide et exige qu'il éteigne son portable. Très souriant, il obtempère sans rechigner.

Il prend l'un des ascenseurs et monte au deuxième étage.

En en sortant, un homme surgit devant lui.

— Pardon !

Cet homme bien portant, grand et fort allait presque lui rentrer dessus.

En fait, c'est un livreur, en tout cas, il ne sent pas la rose, une odeur de transpiration.

Une des secrétaires asperge légèrement le bureau ainsi que le couloir de parfum.

Jordan se présente à l'accueil numéro deux, et là, deux hôtesses charmantes se moquent du personnage.

— Monsieur ? Demande l'une d'entre elles avec un sourire éblouissant.

— Bonjour, madame, lui répond-il avec son grand sourire et ses dents blanches. J'ai rendez-vous avec le directeur des ressources humaines.

— Oui, très bien, je les informe de votre arrivée. Veuillez vous installer dans la salle B.

— Merci, madame !

Le garçon s'assoit parmi d'autres candidats.

Ce qui est surprenant, c'est de voir une si grande salle toute blanche, du mur au plafond. Même les chaises, les rideaux et les tableaux étaient tous blancs. Seules cinq chaises la meublent.

On se croirait au paradis ou ailleurs.

Il a les mains moites et la boule au ventre en attendant tranquillement son tour.

Les candidats sont appelés un par un. Puis plus rien pendant plusieurs minutes. Soudain, une porte s'ouvre et la direction l'invite à rentrer dans son bureau.

— Installez-vous, lui soumet le recruteur.

Il s'assoit devant lui et se présente. Au bout d'un quart d'heure, l'entretien se déroule à merveille.

Au départ, il a tracé, et au fur et à mesure, il se sent de plus en plus à l'aise.

Il faut dire que son interlocuteur est un garçon charmant.

L'entretien se termine et, tout en saluant l'homme, en y ajoutant les formules de politesse, il lui serre fortement la main tout en le regardant dans les yeux, avant de repartir tout sourire et confiant.

Dans le hall de l'immeuble, un majordome ouvre la porte et le salue d'un signe de tête.

Jordan, tout heureux, appelle immédiatement son amie pour la rejoindre dans une des plus grandes brasseries parisiennes, sur les Champs-Élysées, face à l'Arc de Triomphe. C'est un endroit qu'ils ont l'habitude de fréquenter.

— Oui! Salut, tu vas bien depuis tout à l'heure.

— Alors?

— Ma chérie, ça s'est très bien passé, on boit un café ensemble.

— Cool! OK, j'arrive, laisse-moi une demi-heure.

— Merveilleux. Je t'attends, ma belle, comme d'habitude sur les champs.

— Oh mon beau ! À tout de suite.

Aussitôt les appels finis, un nouveau texto.

« Eh bien, qui es-tu ? »

Il ne répond pas, se dirige vers la rame de métro en direction des Champs-Élysées-Clémenceau, ligne une. C'est parti pour vingt-cinq minutes de trajet.

Tout le poids de son corps est allongé sur un des fauteuils du wagon et sa tête collée à la fenêtre, le regard dans le vide, heureux, pensif, il est comme sur un nuage.

De l'autre côté, les deux frères ont fait tout le ménage et pris la décision d'aller faire des achats de meubles et de décoration pour habiller leur nouvel appartement.

Après plusieurs arrêts dans différentes stations, Jordan met à avoir une illusion ; ses yeux se sont fixés sur l'un des hommes qu'il a vu quelques heures auparavant.

Le métro s'immobilise et, quelques secondes après, la sirène retentit.

Au moment où la rame repart, son regard ne décroche pas de cette silhouette, il veut absolument voir le visage de cet homme. Dans le mille, c'est bien l'homme à la cicatrice, et, comme par hasard, les deux hommes se scrutent longuement.

D'un coup, une sueur froide envahit tout le corps du jeune de haut en bas, Jordan en a des frissons. Ce drôle de type lui a fait un signe en sortant au prochain arrêt, comme un doigt d'honneur, tout en souriant.

En tout cas, Jordan ne rigole plus.

Ouf! Il est sorti de ce métro. Mais qu'est-ce qu'il me veut?

Impatient de revoir sa meilleure amie, mais s'interrogeant au sujet de ces messages, le jeune homme galope à vive allure jusqu'à la sortie du métro. Au loin, il distingue la lumière du jour. De peur, il enjambe les marches deux par deux.

Arrivé en haut, il glisse, puis se relève tout en éclatant de rire et de honte en même temps. Une fois dehors, il observe le ciel, blanc comme les trottoirs des Champs-Élysées. Au bout de cinq minutes, la neige commence à tomber à gros flocons sur les enfants qui s'amusent.

À chaque sortie de station de métro et des grandes gares de la capitale, il se dégage une odeur alléchante de marron grillé parfumant les rues de Paris.

D'une voix forte, on entend le marchand chanter avec cet accent bien parisien tout en tenant d'une main le papier journal qui lui sert à garnir ses cornets et en raclant de l'autre à l'aide d'une spatule en bois les marrons qui frémissent sur une plaque chaude.

« Chaud, chaud, les marrons. »

Cette ambiance nous mène à grands pas vers les fêtes de fin d'année, les enfants sont en vacances d'hiver et les touristes envahissent la plus belle ville du monde.

Après ce petit tour d'horizon de la vie parisienne, le jeune homme pousse la porte d'une des plus grandes brasseries de la plus belle avenue du monde, celle des

Champs-Élysées. Un serveur l'installe sur une table ronde entourée de deux fauteuils en tissu rouge. La décoration du plus vieil établissement du boulevard est splendide avec ses tableaux.

Il y a même un escalier magnifique, tout en fer forgé, avec sa moquette de couleur pourpre et ficelée de bordure dorée.

Jordan et son amie adorent venir dans cet endroit rempli de charme.

Quelques minutes passent et Maé arrive. Le sourire du jeune redevient resplendissant.

Mais qui est cette fille qui se prénomme Maé ?

Maé est une fille d'origine belge, elle est petite de taille un peu rondelette, elle a un visage comme un poupon. Elle est amusante et elle utilise son accent belge avec humour.

Maé a une très grande particularité, c'est une fille très ouverte d'esprit.

Pour elle, la différence n'existe pas.

Elle est d'une immense gentillesse, prête à rendre service à n'importe qui. Une chic fille.

Maé a grandi avec Jordan, elle a toujours un penchant pour ce garçon. Les deux ensemble, c'est comme l'amour fou, un amour indestructible.

Ils se font la bise et se serrent fort dans les bras avant de s'asseoir.

La bise... Non, plutôt un tout petit baiser, petit bisou d'amour sur les lèvres.

Le jeune homme complimente sa dulcinée tout en prenant une voix douce.

— Tu es trop belle, ma princesse !

— Merci, tu es un amour !

Un jeune serveur au style élégant et mince, revêtu d'un tablier noir à la mode des garçons de café, coiffé à la Matt Damon et légèrement efféminé, leur présente la carte.

— Très souriant, ce serveur, dit Jordan en rigolant, n'est-ce pas, ma belle ?

Maé sourit, mais ne dit rien, regarde sa carte.

Le garçon revient et prend la commande à l'aide d'un petit ordinateur portable.

Pour moi, ce sera un chocolat viennois accompagné de macarons. Et pour toi, mon Loulou ?

— Eh bien ! Pour moi, ce sera la même chose que toi.

Jordan raconte alors son entretien dans cette grande société d'import-export.

Les deux amis échangent, bien au chaud, émerveillés de voir la neige tomber. Leurs mains se touchent comme celles de deux amoureux, ils cultivent une amitié très fusionnelle.

Une odeur de chocolat traverse le salon de la brasserie. L'employé, tout sourire, sert la jeune fille en premier, puis se tourne vers Jordan en lui adressant en plus un petit clin d'œil.

Jordan le suit du regard et, au moment où il vient de se retourner pour parler à son amie, il aperçoit un homme qui ressemble comme deux gouttes d'eau à celui qui le suivait.

L'homme à la cicatrice le repère, s'amuse à passer et repasser devant la baie vitrée de la brasserie. Cet homme lui fait peur.

— Regarde ce type, il est bizarre, tu ne trouves pas.

— Oui, tu as raison, mon Jordy, c'est vraiment bizarre ! Il est amoureux.

Le jeune homme commence à paniquer.

— Depuis que j'ai pris le métro, il n'arrête pas de me suivre. Ce garçon me fout la chair de poule.

Et au moment où il prononce ces paroles, un flash spécial annonce à la télévision la recherche d'un individu qui aurait été aperçu grâce à une des caméras de surveillance postée à l'angle d'une rue où s'est produit le meurtre de la nuit précédente.

Le jeune homme se voit en un instant comme dans un film policier américain. Mais non, ce n'est pas un rêve, mais bien la réalité.

Un portrait-robot du personnage passe en boucle sur la chaîne d'information.

Maé et Jordan décident tous les deux de payer et de quitter la brasserie.

Le charmant serveur encaisse leurs consommations et, toujours avec grâce, leur souhaite une bonne journée.

— Merci à vous et bonne journée.

Jordan est troublé par cet homme qui correspond parfaitement au portrait-robot.

Ne calculant ni le serveur ni son amie, il parcourt à vive allure quelques mètres dehors pour prendre un bol d'air comme si la peur l'envahissait.

— Attends-moi, tu as le feu aux fesses ou quoi ! Crie Maé.

Viens ! Vite, viens par ici ! lui dit-il d'une voix fluette en l'attrapant par le bras.

Tous les deux galopent tête baissée en direction du métro, alors que l'homme les suit.

Soudain, une voiture de police s'arrête en plein milieu des Champs-Élysées et interpelle celui qui correspond au profil recherché.

Ouf ! C'est bon !

Le sourire commence à revenir tout doucement.

Maé propose à Jordan de finir la journée ensemble, car elle a bien compris le malaise qu'avait son ami et elle ne veut en aucun cas le laisser seul.

Il lui confirme son invitation et envoie un message à son frère Benji pour le prévenir.

« OK, mon frère. » Fais attention à toi.» J'ai vu à la télévision qu'il y a un taré qui se balade dans Paname et qui tue de sang-froid des jeunes et des personnes âgées. « Appelle s'il y a quoi que ce soit.»

« OK, c'est bon, je suis avec Maé, t'inquiète.»

Benji lui envoie un smiley avec un sourire.

Les deux amis prennent le métro direction La Bastille pour rejoindre Sylvia, une autre amie.

Quelques minutes de trajet et les voici à destination.

Il fait tellement froid que Jordan se frotte les mains en permanence.

Pourtant, il est équipé de gants en cuir.

En attendant, les deux autres frères passent un moment à Paris, ils dépensent et se font plaisir.

La police a emmené l'homme à la cicatrice au commissariat du coin, l'information est diffusée à la télévision.

Le divisionnaire qui suit cette enquête depuis plusieurs mois se rend aussitôt sur les lieux, il l'interroge et la place en garde à vue.

L'homme est très malin, rusé, voleur et provocateur. La preuve, sans gêne, il remet sa capuche juste devant la figure des policiers, qui ne prêtent pas d'importance à son comportement.

Cependant, au bout de quelques heures, ils relâchent l'individu ; les empreintes retrouvées sur le lieu ne correspondent pas avec les siennes. Ils ont confondu cette personne avec quelqu'un d'autre, il ne se trouve pas du tout dans les dossiers judiciaires.

Et pourtant !

Ce qui a percuté quand même un des policiers, c'est l'accent des pays de l'Est qu'avait cet individu.

De l'autre côté de Paris, les jeunes se prennent la main, s'embrassent et décident de se balader dans les magasins de vêtements, de parfums et autres.

Eh oui! Il faut trouver des idées de cadeaux.

Les vitrines des commerçants dans le quartier de La Bastille sont toutes décorées. Et la neige tombe!

Les rues se montrent glissantes à certains endroits et les amis adorent entendre le craquement de la poudreuse sous leurs chaussures.

L'une des filles s'amuse à faire des boules de neige, montées à peu près à trois centimètres.

De commerçant en commerçant, les jeunes achètent sans compter.

— Eh, c'est Noël! On se lâche.

— Tu as raison, soyons fous.

Devant une boutique de vêtements, ils entendent des coups de feu retentir dans la rue.

— Messieurs, mesdames, ne sortez en aucun cas! Crie une vendeuse. Restez ici.

— Mais que se passe-t-il? Jordan, pris d'une crise de panique. J'ai peur.

— Reste calme, t'inquiète, on est là, lui disent ses amies.

Une des employées sort de son magasin et aperçoit devant elle une mare de sang coulant sur la neige.

Au sol se trouvent une vieille dame et un jeune garçon.

— Mais que s'est-il passé ? demande-t-elle, effrayée, à une autre commerçante.

— Ma pauvre, je ne sais pas, mais tu as entendu que, cette nuit, il y a eu un meurtre identique.

— Oui, j'ai entendu.

D'un coup, des bruits couraient selon lesquels il y aurait un homme avec une capuche qui aurait couru à toute vitesse juste au moment des coups de feu.

La vendeuse rentre dans son magasin et entend au loin les sirènes des secours. Les autres se tiennent recroquevillées dans le fond de la réserve, près des clients.

La patronne, alertée, arrive à vive allure à son enseigne.

— Que s'est-il passé ? demande-t-elle à une de ses vendeuses. Personne n'a été touché ni blessé.

— Non, madame.

Seule la vendeuse qui se trouvait dehors fond en larmes et explique exactement ce qui s'est passé.

Au fond de la réserve, Jordan frissonne.

— Mais cet homme est un fou. Pourquoi est-ce qu'il me suit partout ?

Une des vendeuses essaie de le calmer.

Jordan se lâche et raconte qu'il était présent sur les lieux du meurtre de cette nuit. En fermant les volets de sa chambre, il a aperçu un homme portant une capuche.

L'employée lui offre un verre d'eau, tout comme aux autres clients, pour l'aider à se remettre de ses émotions.

Au bout de quelques minutes, la police intervient auprès de tous les commerçants.

En quelques minutes, la presse, la télévision et le ministre de l'Intérieur sont présents.

Une équipe d'inspecteurs tourne et auditionne les gens du quartier et arrive une heure après dans ce magasin.

La police leur laisse une convocation afin de faire une déposition au commissariat de leur arrondissement.

Toutes les rues sont bouclées par des barrières et il y a des policiers partout.

Au bout de quelques instants, les jeunes peuvent repartir.

La vendeuse leur propose d'appeler un taxi, mais ils refusent. Encore sous le choc, ils décident tous de se rendre chez une copine qui n'habite pas très loin.

Ils traversent les artères avec la peur au ventre, sans même oser regarder devant eux.

Ils ont en mémoire le sang qui continuait à couler sur le bord du trottoir et deux draps blancs étalés au sol, c'était effrayant.

À peine arrivé chez une de leurs copines, le jeune homme reçoit un nouveau SMS de ce taré, de plus en plus combatif.

— Tu le paieras! Ah ah ah ah!

Jordan se tait, figé, immobilisé par le froid glacial, alors que la température ambiante ne dépasse pas -4 °C.

Les filles sonnent à l'interphone de leur amie Marjorie, très belle fille, grande brune, d'origine anglaise, mannequin pour un couturier parisien très renommé.

— Oui ?

— Bonjour, Marjo, c'est nous ! Tu peux nous ouvrir.

Ils prennent l'ascenseur et discutent entre eux. Marjorie, non informée des événements, les attend sur le palier.

Son appartement donne de l'autre côté du quartier et elle est en plein milieu d'une petite tour, donc elle ne peut rien entendre.

Marjorie, grand sourire, reçoit ses amies, mais elle s'aperçoit que les visages en disent long.

Qu'est-ce qui vous arrive ?

Les trois jeunes se mettent à pleurer en se serrant fort, très fort dans les bras.

— Allez-y, rentrez ! Qu'est-ce qu'il se passe ? Quelqu'un est mort.

— Un fou a tiré sur des passants, une grand-mère et son petit-fils, il y avait du sang partout, dit l'une.

— La police ne sait pas qui sait ? répond Marjorie.

— Non, on ne sait pas. En tout cas, heureusement qu'on était dans ce magasin.

L'émotion est tellement intense qu'une solidarité s'est mise en place peu de temps après le drame.

Jordan est perturbé, il réclame les toilettes pour vomir, rongé par les messages qu'il reçoit. Mais sous le choc, il n'en parle pas.

Après une bonne heure chez leur amie, le petit groupe décide de rentrer. Au moment de partir, Jordan reçoit un appel.

— Allô !

— Bonjour, Jordan. Ici, le directeur de la société d'import-export. Je vous annonce que nous avons retenu votre candidature, vous commencez dès la semaine prochaine.

Jordan retrouve son éclat, sourit de nouveau et partage une heureuse nouvelle. Tout le petit groupe se montre fou de joie.

Maé et Sylvia se regardent et lui proposent de lui offrir un repas dans un très bon restaurant du côté du Panthéon et du Quartier latin afin de lui souhaiter beaucoup de réussite dans son nouveau job et surtout d'oublier cette mauvaise journée.

Jordan accepte.

Chacun se sépare.

Le jeune homme appelle son frère pour qu'il vienne le chercher. Il a peur de reprendre les transports en commun. Il veut éviter de croiser le chemin de l'homme à la cicatrice.

En attendant son frère, Jordan se réchauffe comme il peut. Heureusement, il est bien couvert, avec son écharpe et ses gants.

Toujours à l'affût du moindre regard, il ignore pourtant que le tueur est juste en face de lui, caché dans un vieil immeuble, et le suit pas à pas.

Son frère arrive avec Elliot, le chauffeur, il monte dans la voiture.

— Pourquoi n'as-tu pas pris le métro ou le bus pour rentrer ? lui demande Benji.

— J'ai peur ! lui répond-il d'une voix tremblante.

— Tu as peur.

— Un homme est fou, il se balade dans Paris et tue de sang-froid.

— Tu sais, à Paris, il y a plus de deux millions de personnes. Comment veux-tu que ce type te trouve dans la capitale ?

— Il sait où on habite... Je ne veux pas en parler, laisse-moi.

Un silence s'installe dans la voiture et la radio annonce le fameux drame qui s'est déroulé dans le quartier de la Bastille.

En une fraction de seconde, Jordan éteint la radio, Benji ne lui dit pas un mot.

Une fois arrivé chez eux, Benji aperçoit une larme qui coule sur la joue de son petit frère.

— Ne t'inquiète pas, je suis là ! En l'entraînant par la main jusqu'à la fenêtre, il l'aide à se pencher pour contempler le paysage extérieur malgré le froid.

— Regarde comme c'est beau, Paris, sous la neige.

C'est vrai que la neige qui couvre les rues, les toits, le paysage hivernal est magnifique à voir.

La fin de journée s'annonce et la nuit commence à pointer le bout de son nez.

Il est dix-sept heures quarante-huit.

Paris scintille de mille lumières de Noël.

Puis Jordan s'allonge sur le divan, épuisé, et s'endort.

Benji, de son côté, prend une douche bien chaude tandis que Vévé s'amuse tranquillement aux jeux vidéo.

Vévé lui était resté bien au chaud pour jouer.

Ils entendent leur frère ronfler comme s'il n'avait pas dormi depuis plusieurs jours.

Leur appartement est situé non loin d'une pagode chinoise de couleur rouge bordeaux, une bâtisse magnifique.

Deux heures après, le téléphone de Jordan sonne. Ses copines lui donnent rendez-vous au restaurant.

Ses frères sont en train de se faire à manger et Vévé bouscule Jordan pour le motiver.

— Allez, réveille-toi! Tes petites femmes t'attendent!

Soudain, Benji regarde par la fenêtre.

— Oh! Il y a un garçon bizarre qui reste depuis tout à l'heure sur le trottoir en face.

— Arrête tes bêtises.

— Je te dis que j'ai croisé cet homme! Regarde, et tu verras.

Jordan décide de se préparer pour sortir avec ses copines sans prêter attention à la remarque de Benji.

Une bonne douche s'impose.

Les filles, de leur côté, se préparent aussi.

Une fois prêt, chacun s'envoie un SMS pour se donner le point de retrouvailles. Jordan appelle le chauffeur.

Au bout de quelques minutes, celui-ci arrive et Jordan descend les marches deux par deux.

À l'arrivée de la voiture, l'homme accolé au mur d'en face s'enfuit rapidement. Benji jette un coup d'œil du haut de sa fenêtre et le voit partir en courant. Jordan rentre dans le véhicule et indique à Elliot sa destination.

La neige continue à tomber à flots rendant la circulation difficile, tout le monde roule au pas.

Arrivé, Elliot ouvre la porte à Jordan qui le regarde droit dans les yeux et lui fait un bisou sur la joue. Jamais Jordan n'a réagi comme ça. Très surpris, il sourit, remonte dans la voiture et l'attend sereinement.

Tout ce petit monde est accueilli chaleureusement dans ce restaurant magnifiquement décoré, tenu par des homosexuels d'une gentillesse incroyable.

Les amis s'installent à une belle table avec au milieu une bougie posée sur un abat-jour en fer forgé.

Les couleurs rouge et noires de cet établissement sont splendides avec ce côté baroque. Ils adorent.

Jordan n'arrive pas à décrocher son regard du jeune serveur bien habillé, élégant, aux yeux d'un bleu magnifique, à la fois fin dans sa façon de parler et dans celle de tenir son carnet de commandes.

— Ah oui ! J'ai oublié de vous dire. Jordan se cherche sur le plan sentimental, il est un peu perdu, mais à mon avis, je pense le connaître.

Même ses copines s'en doutaient depuis un bon moment, mais, par respect, elles ne lui ont jamais posé la question.

Un silence, et tout le monde lit la carte.

— Messieurs, mesdames, avez-vous choisi votre bonheur ? Demande l'employé d'une voix fluette après quelques instants.

— Les filles, répondez !

— Oui, monsieur le serveur, disent-elles en souriant avant de détailler leurs choix ?

— Et vous, jeune homme de bonne famille, beau comme un prince ?

Jordan commence à rougir et bredouille, ne parvenant pas à formuler clairement sa décision. Les filles se regardent et se mettent à rire.

— Mon Jordy, qu'est-ce qui t'arrive ? Dis Sylvia.

Le serveur apporte la commande en cuisine avec un grand sourire.

— Tu as flashé ! C'est vrai qu'il est beau ! Interviens, Maé.

— Arrête, tu dis n'importe quoi.

Et là, les trois filles rigolent et annoncent à Jordan qu'elles se doutent très bien de son attirance envers les garçons.

Jordan se met à rire légèrement, sans un mot, alors que les cocktails sont apportés.

— Tu sais, mon bébé, tu peux nous le dire, on est tes amies, tes sœurs, tes confidentes, poursuit Maé.

Et Jordy se met d'un coup à pleurer. Il n'arrive plus à s'arrêter, le fardeau est trop lourd.

Ce soir, c'est la révélation. Il prit un grand souffle, son cœur battit à plus de cent à l'heure.

— Oui, les filles, j'aime aussi les garçons, confie-t-il d'une voix tremblante.

Immédiatement, ses amies l'entourent, le consolent, l'embrassent de partout.

Maé se sent heureuse que son meilleur ami lui ait dit la vérité, elle en a assez de vivre dans le mensonge.

L'employé sert les filles en premier, puis Jordan, avec une tendre attention.

— Bon appétit! dit-il poliment.

— Santé ! Au boulot de notre Jordy et de son coming out, annonce Maé en levant son verre.

Tout le monde trinque, un moment bien convivial.

Le repas se passe à merveille et à la fin, le serveur glisse sous la note son numéro de téléphone. Il propose de lui offrir un verre juste après son travail.

Jordan rougit, mais accepte.

Ils sortent du restaurant et se félicitent de ce début de soirée. Jordan reçoit un nouveau SMS.

Il ne contient que la lettre M, comme mourir, menace...

— Qu'est-ce qu'il t'arrive ? lui demandent les filles en le voyant tétanisé.

— C'est ce type qui m'envoie encore un SMS bizarre.

Maé prend le portable de Jordan et bloque le numéro.

— Voilà, mon chéri, fini, sinon c'est nous qui lui casserons sa sale gueule !

— Mais comme tu parles ! Je ne t'ai jamais entendu parler ainsi, lui dit Jordan.

Les filles avaient bien arrosé la soirée. L'une d'elles décide de se rendre dans un pub gay de Paris.

Tous suivent en se tenant par les bras pour se réchauffer.

Un monde fou s'y presse, de toutes générations. Au moins, il y fait chaud.

Au bout d'une heure, Jordan reçoit un appel, il répond, mais il est obligé de sortir tant que le bruit est intense.

— Allô ! Oui ?

— Salut, je suis le serveur du restaurant. Si tu veux, on peut se voir.

— On est au pub qui se trouve au bout du Marais.

— OK, je connais, j'arrive.

Jordan rentre dans l'établissement avec un grand sourire et rejoint la table de ses amies.

Les filles, mortes de rire, étaient en train de se moquer d'une fille complètement bourrée.

— Alors ? hurlent-elles.

— Il arrive.

Dix minutes après, le serveur se présente en pantalon moulant, un sweat pailleté, un long blouson marron entouré d'une fourrure.

Tous les garçons l'ont habillé de la tête aux pieds.

Jordan l'aperçoit, le guide en lui faisant des signes de la main.

— Re-bonsoir, les filles ! Bien mangé ?

Maé et Sylvia se poussent pour le laisser près de Jordan. Regard timide, premier baiser.

— On n'a pas le droit au bisou ? crient les filles, en délire, avant que les cinq s'amusent à se snacker.

Marjorie demande son prénom au nouvel arrivant.

— Evan.

— Très joli !

La soirée bat son plein, la musique est à son comble, tandis que le chauffeur, épuisé, décide de rentrer chez lui, songeant à la réaction probable de Jordan.

La nuit passe, la neige tombe en abondance.

Sous les verrous.

Après les fêtes de fin d'année et un Nouvel An en petit comité, les triplés vendent en très peu de temps le petit deux-pièces qui se trouve sur les grands boulevards. Entre-temps, ils s'attaquent à rénover le nouvel appartement du quartier Bir Hakeim.

Jordan ne peut pas les aider, car il travaille beaucoup. Ce nouveau boulot lui plaît.

Pendant ce temps, la police regroupe toutes les preuves de chaque homicide, que ceux de Paris, Saint-Tropez, Cannes et d'autres qu'on ignore encore.

Le commissaire est en relation permanente avec les autres services de police et de gendarmerie. Une réunion en vidéoconférence est organisée pour planifier les arrestations.

Les triplés sont loin d'imaginer que leurs vies vont basculer.

Vévé quitte l'appartement pour aller faire deux ou trois courses. Benji, instinctivement, lève un des rideaux du salon et regarde d'un coup d'œil à l'extérieur.

Il aperçoit soudain le vieil homme qui suit Vévé. Benji lui envoie aussitôt un SMS pour l'avertir et le mettre en garde.

Vévé fait semblant de faire ces lacets et se met à courir à toute vitesse sur le pont. Bir Hakeim slalome entre les grosses poutres du pont pour semer son poursuivant.

Il fait quand même ses petites courses et rentre, toujours sur ses gardes.

Benji voit arriver son frère tout essoufflé. Il envoie un SMS à Jordan pour l'en informer.

— OK, je vais dire à Elliot de venir me chercher. On se rejoint ce soir.

Chez Elliot, répondit Benji.

— D'accord. À tout à l'heure.

Jordan envoie un message à Elliot pour qu'il le récupère à l'esplanade de la Défense, du côté de l'hôtel cinq étoiles. Il l'attendra sur une des petites tables en bois autour de la belle et grande fontaine.

La fin de service pour Jordan arrive, il prend son attaché-case, dit au revoir et file comme un léopard au point de rendez-vous. Elliot se trouve déjà sur place.

Jordan monta dans la voiture.

— On va chez toi, je t'expliquerai ! Lui dit Jordan.

Le chauffeur s'exécute et prend la direction de Neuilly-sur-Seine dans les Hauts-de-Seine.

Au bout de quelques minutes, les deux tourtereaux arrivent chez Elliot, ses frères ne sont pas encore là. Elliot demande à Jordan ce qu'il se passe, sans recevoir de réponse. Il se sent un peu agacé.

Quelques instants plus tard, les deux autres prennent à partie le jeune chauffeur et Jordan lui explique toute la vérité. À la grande surprise, Elliot rigole aux éclats quand Jordan lui raconte ce qu'ils ont fait. Les triplés le regardent, étonnés.

— Qu'est-ce qui te fait rire ?

—Qu'avez-vous fait ? Vous tuez des gens pour le plaisir.

— Mais vous savez qui je suis ?

En fait, Elliot est juste mon deuxième prénom, je m'appelle Diégo. J'ai été arrêté pour trafic de stupéfiants en bande organisée, j'étais le leader.

— Le tatouage que tu as dans le dos, c'est ton gang ? Lui demande Jordan.

— Tout à fait, mon cher, tu as tout compris.

Les garçons s'assoient, ils ne savent plus quoi dire, sauf Benji qui lui réclame des preuves, ce que fait Elliot.

Benji s'exclame et s'adresse à Elliot.

— Je suis curieux de connaître ton parcours et ta vie.

— D'accord, répond Elliot.

Voici. J'ai grandi dans une ville près de Paris, plus précisément à La Courneuve.

Depuis l'âge de mes 15 ans, je n'ai fait que dealer, sauf qu'un soir et à cette époque, j'avais à peine 18 ans, une bande rivale est venue nous agresser violemment avec des armes à balles réelles. J'ai perdu dans l'affrontement un ami cher avec qui j'ai grandi.

Après cela, mon père m'a fait partir en Afrique. Plus tard, je suis revenu en France après le décès de ma mère et mon père est mort peu de temps après.

Ma sœur ne me parle plus depuis plusieurs années.

J'ai décidé d'arrêter mes bêtises et j'ai créé mon entreprise de chauffeur dans le domaine du luxe.

Grâce à ce métier, je me suis fait ma fortune et non par la drogue ou le trafic.

Et puis, pour mon métier, j'ai voulu me donner un pseudonyme.

Voilà qui je suis. Voilà pourquoi je m'appelle Elliot.

Je vais vous révéler une chose que vous ignorez, et c'est que j'ai beaucoup d'expérience dans divers domaines et beaucoup de connaissances dans différents corps de métier, et ce, à travers tout Paris.

— Regardez.

— Vous voyez toutes ces photos. C'est moi qui vous ai suivis. Et vous voyez, cet homme que vous avez capté au bout d'un certain temps, il a tout vu des deux crimes de Paris. Celui des deux hommes abattus à la hachette et celui des deux jeunes sur le bord de la Seine.

Elliot continue en insistant durement et en regardant les garçons droit dans les yeux et pointe son doigt vers Benji.

— Ce vieil homme, c'est un agent des forces de l'ordre. Plutôt un ancien policier, lui dit-il d'une voix sèche. Il vous suit à la trace depuis des mois. La seule chose qui reste à faire, c'est d'une part de l'éliminer, puis de s'enfuir très loin de Paris.

Elliot a une belle maison aux États-Unis, dans un quartier résidentiel de l'Ohio. Personne ne le connaît.

Une stratégie se met en place pour prendre en embuscade le vieil homme.

Vévé a une idée : le diriger dans une des petites ruelles et lui faire la peau.

La nuit tombe.

Vévé part faire des courses à la supérette du coin et exécute exactement ce qui a été dit.

Le vieil homme suit Vévé qui se met à courir. Arrivé à l'endroit prévu, il continue à marcher, comme s'il avait peur de lui. Son poursuivant accélère le pas pour essayer de l'attraper. Soudain, caché derrière un conteneur à poubelles, Benji court par-derrière de toutes ses forces le vieil homme. Une fois qu'il l'a capturé, il le frappe jusqu'à ce que la mort s'ensuive.

Une fois l'exécution accomplie, Benji fait un signe sur le conteneur, il s'échappe avec Vévé, puis rentre chez Elliot.

Essoufflés, les garçons expliquent à Jordan et Elliot ce qui s'est passé.

Pendant ce temps, ces deux-là avaient réservé des billets d'avion pour les États-Unis, mais les deux frères n'étaient pas du tout au courant de la mascarade que préparait Jordan.

Oui, Jordan avait tout préparé en cachette.

Les deux autres frères étaient en colère contre Jordan.

Benji ressentait que leur existence allait changer, mais les gars n'avaient pas le choix de se décourager.

Il fallait qu'ils trouvent vite une solution pour se sortir de cette panade.

Peu de temps après, Benji et Vévé, voulant rentrer, arrivent à leur domicile de la rue de Courcelles en pensant que personne ne les verrait ou ne les croiserait.

Malheureusement, le destin en a décidé autrement ; une patrouille les attendait cachée en civil au coin de différentes rues, postée autour de tous les appartements que les triplés possèdent. Une grande enquête va mettre un terme à ce jeu.

La police interpelle sans faire de bruit les garçons. Benji essaie de se débattre, contrairement à Vévé.

Ils sont emmenés directement au commissariat pour y être interrogés, en garde à vue pour vingt heures minimum.

Jordan et Elliot parlent beaucoup de leur côté quand apparaît un flash information.

Le journaliste de la chaîne d'information en continu annonce l'arrestation de deux jeunes hommes recherchés pour différents crimes.

— Elliot, mes frères se sont fait attraper.

Le divisionnaire développe cette arrestation sans trop en dévoiler.

— Une dernière information vient de tomber, dit le journaliste au commissaire. On vient de retrouver un homme mort dans une petite rue de Paris, la photo est diffusée.

Le policier reste stoïque, paralysé, puis trace au commissariat pour savoir ce qu'il s'est vraiment passé.

On va leur faire la peau, à ces jeunes qui vont moisir en prison jusqu'à la fin de leurs vies.

Il prend un café et rejoint ses collègues qui préparent les interrogatoires.

Les deux frères sont vus chacun à leur tour pendant plusieurs heures.

Les garçons n'ont pas sorti un seul mot.

Un jour de plus de gardes à vue, mais rien. Pendant ce temps, les enquêteurs retrouvent leurs identités, convoquent certaines personnes, dont les familles d'accueil. Ils leur font voir les jeunes à travers une vitre sans tain. Le verdict est sans appel.

Reste un gros problème, il en manque un ! Et surtout, les garçons sont restés muets tout le long de la procédure. Le commissaire, avec l'accord du procureur, les relâche.

Il exprime son mécontentement, mais il va les suivre.

Benji regarde le divisionnaire et se met à rigoler.

Au moment où Vévé sort de la cellule, il croise dans le couloir une de ses tantes qui travaille dans la brigade. Il la fixe droit dans les yeux.

— Tu es un monstre ! Elle s'écrie.

Vévé ne dit rien quand, soudain, elle lui tape sur la tête avec son sac, les policiers la retiennent.

Vévé tombe brusquement sur le sol.

— On va tous vous tuer aussi ! Hurle Benji qui, de loin, a assisté à toute la scène.

Le commissaire ferme la porte et embarque à grande vitesse Benji dans sa cellule. Celui-ci s'énerve à voix forte. Malheureusement, dans sa colère, il laisse échapper différents éléments importants concernant les homicides.

Vévé a repris ses esprits, replacé lui aussi en garde à vue.

Aucune nouvelle de Jordan qui reste introuvable pour le moment.

Au bout de deux jours d'interrogatoires, les garçons sont placés en comparution immédiate, accompagnés de leur avocat nommé d'office.

Cette comparution immédiate est une procédure rapide qui permet au procureur de faire juger une personne tout de suite après sa garde à vue.

Le jugement est délibéré au bout de plusieurs minutes, les deux frères encourent deux ans de prison ferme et quinze mille euros d'amende.

Les deux garçons sont conduits en maison d'arrêt dans la banlieue de Paris, dans un camion suivi par une horde de journalistes à moto.

Ils y sont séparés, mais chacun fait sa loi. Dès le début, ils montrent aux autres détenus qui ils sont, ils se font respecter.

Jordan, de son côté, a quitté Paris. Il vit pour le moment à Courchevel dans un magnifique chalet.

Il a vendu tous les appartements, celui de cette station suivra, car il va quitter la France très prochainement.

Mais personne n'a réussi à l'attraper.

Pourquoi ?

Elliot a dans ses contacts un ami dans le domaine de la chirurgie esthétique, spécialisé dans le visage. Jordan est passé entre ses mains. Le jeune homme est méconnaissable.

Paris, fin deux mille vingt.

Le jour de leur jugement est annoncé par tous les médias.

Les prisonniers traversent chacun un couloir qui mène dans un camion du centre pénitentiaire.

Coincé dans la circulation, le véhicule doit s'arrêter. Benji fait semblant d'être malade. Les surveillants le sortent de sa petite cellule.

Il est examiné. Soudain, Benji donne un grand coup de tête au garde et le plaque sur le sol.

Il parvient d'une main à prendre son arme. Il lui tire dessus et sur les chauffeurs, avant de libérer Vévé.

Il saute du camion en cassant les baies vitrées, menace un des journalistes pour s'emparer de sa moto.

Le périphérique est traversé à une allure intense par les frangins.

Une course-poursuite s'y engage avec la horde de policiers ainsi que les reporters qui continuent de filmer la course.

Soudain, une camionnette se déporte sur la gauche pour changer de file, la moto la tape. Les deux fugitifs sont éjectés à plusieurs mètres. Les autorités arrivent sur les lieux de l'accident, bloquant instantanément la chaussée. Une équipe se dirige vers les deux individus retenus en otage, tandis qu'une autre se concentre sur le chauffeur du véhicule.

Aucun n'a survécu à la violence du choc. Les journalistes en tremblent. Les corps sont méconnaissables.

L'histoire se termine ainsi brutalement. Malheureusement, on ne saura jamais qui a vraiment tué des innocents.

L'information est retransmise en direct, les images perturbent les spectateurs. D'autres s'en réjouissent alors que le procès n'a pas eu lieu.

De son côté, Elliot, informé, appelle aussitôt Jordan.

— VITE, il faut que tu rentres !

OK, j'arrive.

Une fois sur place, il voit Elliot en pleurs. Jordan s'approche de son petit ami.

— Que se passe-t-il ?

Elliot n'a pas besoin de répondre, le téléviseur est allumé.

Jordan s'écroule, mais il savait au fond de lui que quelque chose s'était produit, car il ne pensait qu'à ses frères.

Jordan hurle de chagrin, de haine et de rage. Il veut tout casser dans le chalet.

Au bout de plusieurs heures englouties dans les bras d'Elliot, ils prennent la décision de quitter la France dès le lendemain.

Cela commence à devenir dangereux pour Jordan, lui aussi recherché.

En pleine nuit, il se lève, regarde par la fenêtre la neige tomber à gros flocons. Au loin, il aperçoit une lumière bleue, comme un gyrophare. Oui ! C'est bien un gyrophare. Plutôt que d'eux, un camion de pompiers et le SAMU.

Jordan a sérieusement peur.

Impossible de dormir, il prépare toutes ses affaires ainsi que celles d'Elliot et décide au lever du jour de partir avant que le monde se réveille.

Arrivés à l'aéroport le plus proche, ils effectuent tous les contrôles.

Sans ambiguïté, tout s'est passé facilement, comme on peut dire.

Au bout d'une bonne heure, les tourtereaux décollent pour New York.

Le procès est en suspens. Le commissaire est fou de rage. Tout le puzzle se casse la figure.

Des meurtres non élucidés.

Jordan s'envole au-dessus des nuages.

Disparu à jamais.

Six mois après, Jordan et Diégo dit Elliot filent le parfait amour dans l'Ohio, où ils ont acheté un très bel appartement et vendu la maison que le trafiquant avait acquise avec l'argent sale.

Diégo a décidé, lui aussi, de se refaire le visage entièrement et de changer d'identité.

Les garçons s'appellent maintenant David, né à Los Angeles, et James, né à Brooklyn.

Ils ont créé une petite société événementielle, ils gèrent une cinquantaine de salariés dans tous les domaines pour organiser des mariages, des naissances et différentes propositions, comme des soirées mondaines, voire des divorces.

Leur entreprise tourne à plein régime et engendre un chiffre d'affaires très intéressant.

De l'autre côté de l'Atlantique, à Paris, Cannes et Saint-Tropez, le calme plat est revenu depuis la mort brutale des deux jeunes, dont on ignore même l'endroit de leur enterrement. Le commissaire continue son travail tout en essayant de trouver le troisième des frères. Sans succès.

Dans l'Ohio, Jordan, un matin de printemps deux mille vingt et un, une journée ensoleillée, décide de changer les meubles de place dans la maison, puis de faire un grand rangement. Son mari, lui, bricole ses voitures.

Au fond d'un placard, caché derrière des tas d'affaires, il retombe sur le jeu de société. Il le prend, s'assoit sur la table de la salle à manger, ouvre la boîte et se met à pleurer.

David rentre pour se laver les mains et voit James en larmes. Il essaie de le consoler.

David se met soudain à lancer les dés. James le regarde, les yeux inondés, et attrape son poignet.

— Arrête ! lui crie-t-il d'une voix sèche et cruelle.

David s'exécute. James retourne les cartes, certaines sont rouges, d'autres noires.

— Vous avez eu l'occasion, avec vos frères, de finir le jeu. « L'interroge-t-il, David ? »

— Non !

Le silence les entoure.

Le téléphone sonne, David décroche. Une demande inattendue, une animation bien particulière. David leur propose de les rencontrer pour en discuter.

Deux jeunes d'une trentaine d'années arrivent chez les garçons. David ouvre la porte et les accueille comme il se doit.

Ils s'installent tous autour d'une table de leur bureau. Ils souhaitent organiser les obsèques de leur grand-père, mais sous une forme festive, dans une ambiance musicale, avec barbecue, confettis, etc. Leur aïeul a toujours été un homme joyeux, il adorait faire la fête, il ne voulait en aucun cas un enterrement traditionnel.

Pour James et David, c'est fou, mais réalisable. Ils acceptent aussitôt. En deux jours, tout est mis en place. Ils ont réussi.

De nombreuses photos et vidéos sont prises par les clients, qui sont tous deux des journalistes d'enquête, lors de cette manifestation unique.

Sur les réseaux sociaux, certains clichés circulent. Le commissaire à Paris fait défiler l'actualité sur son téléphone quand, soudain, une photo l'intrigue. Un cercueil rempli de confettis. Puis une autre avec un message gravé sur le côté.

Personne n'y a prêté attention, c'est le même signe qui apparaissait sur chaque crime réalisé en France. Le divisionnaire zoome, il hallucine.

Il regarde avec insistance, il fonce sans attendre au bureau et ressort tous les dossiers avec les clichés pris sur les lieux de chaque meurtre.

Chacun des triplés s'était fait tatouer ce fameux signe sur l'épaule, une signature, la lettre V de la vengeance. Cela représente le prix de la mort cruelle subie par leurs parents.

Quelques mois sont passés. Beaucoup de choses ont changé. Les deux amoureux se sont séparés pour infidélité, James s'est retrouvé seul du jour au lendemain. Il déprime de jour en jour, la vie aux États-Unis commence à lui peser, il veut retourner en France.

Au bout de quelques jours, il prend la décision de partir, il quitte l'Ohio pour Paris.

Personne ne peut le reconnaître, car son visage et son identité ont complètement changé. Il est d'origine américaine et non française.

Il a toujours sa fortune, il a parfaitement su protéger son argent. Un des salariés a racheté leur entreprise.

James arrive à destination, traverse tout Paris en taxi et s'arrête à un endroit bien particulier, à l'hôtel de luxe de la rue de Courcelles.

Il s'y installe pour y vivre plusieurs mois.

Il essaie de refaire sa vie; nouveau travail, nouveau logement, nouveaux amis.

Au bout d'un an et demi, il rencontre une femme, son ancienne meilleure amie.

Elle ne sait rien de James, à part qu'il est Américain et fortuné.

— Tu me rappelles un ami que j'aimais tellement, lui dit-elle une fois. Ta façon de rire, tes mimiques, ta douceur, ta gentillesse... Jordan... Un jour, il a disparu, je n'ai plus eu de nouvelles. Il me manque. Tu es un peu lui, tu t'es réincarné en lui... Lui murmure-t-elle en rigolant.

James serre sa femme dans ses bras, regarde un des miroirs qui se trouve dans leur salon, et sourit.

Une drôle de vie.

Mais l'histoire ne s'arrête pas là.

Elle est loin d'être finie.

James se rend sur la terrasse, il regarde le ciel en fumant une cigarette. Il a un verre à la main et sourit.

Lieux de l'action.

Paris : IIIe, Ve, VIIe, VIIIe, Xe, XIe, XIIe, XIVe, XVIe, XVIIIe arrondissements.

Paris : la tour Eiffel, l'esplanade du Trocadéro, les Champs-Élysées, l'Arc de Triomphe, la Défense, Montmartre, Bastille, Nation, Quartier latin, le Panthéon, le Marais, Châtelet-Les Halles, Hauteville.

Éssonne : Les Ulis.

Hauts-de-Seine : Neuilly-sur-Seine.

Seine-Saint-Denis : Bobigny

Villes de France : Lille, Lyon, Marseille, Bordeaux, Montpellier, Courchevel, Cannes, Mandelieu-la-Napoule, Juan-les-Pins, Saint-Tropez, Ramatuelle, Grasse, Gassin, Perpignan, Collioure, Argelès-sur-Mer, Saint-Cyprien, Banyuls-sur-Mer, Canet-en-Roussillon, Le Barcarès.

International :

États-Unis : New York, Brooklyn, Ohio.

Californie : Los Angeles.

Italie : Naples.

Russie et Espagne.

Remerciements.

Un immense remerciement à mon époux Sébastien, ma famille, mes amis, mon petit Florian Serres qui m'a beaucoup aidé dans les premières corrections.

Un immense merci à Éric Moutereau de Pied-de-mouche pour son travail, son talent de correcteur indépendant et pour la mise en page.

Merci, merci à ma tante Isabelle et mon oncle Gilles pour leur immense soutien et conseil.

Un immense merci à Sandra Bolzan. Merci à toutes et à tous pour votre soutien.

Merci à Bernard Ribou pour ces superbes photos.

Merci à Jean-Philippe Javary.

Mille mercis à Jim Lefeuvre pour la création de la couverture du livre.

En espérant que ce premier roman vous plaira.

Table des matières.

BIOGRAPHIE.

Franck Simon, né le 21 septembre 1974, dans la région Normandie du côté de Rouen à Mont-Saint-Aignan à la clinique du Belvédère.

Franck a grandi dans une famille de musiciens.

Actuellement et depuis plus de 20 ans, l'auteur travaille dans une collectivité territoriale au sein d'un syndicat départemental dans le domaine de la valorisation énergétique et organique.

Auparavant, il a travaillé en tant que pâtissier, cuisinier et ambulancier ainsi que quelques petits boulots.

Passion et parcours musical.

Franck Simon, sous le pseudo, Calron Jay est à la fois auteur, compositeur, interprète. Mais aussi fondateur de projets musicaux sur les thèmes de chansons d'été et de Noël.

Calron Jay a eu la chance de réaliser différents rêves : d'une part, de se produire sur de belles scènes en première partie d'artistes connus et reconnus, puis de chanter pour différentes associations, de participer à des concours de chants de France et de Navarre.

Différents castings, enregistrement en studio mythique de Paris à Toulouse.

Calron Jay a eu la chance d'être l'interprète dans une compagnie de cabaret en parcourant les routes de France.

Autre passion de Calron Jay c'est la présentation de spectacles, de concerts et de diverses animations.

Calron Jay a une page YouTube où vous pouvez découvrir son univers musical.

D'une voix rock et douce.

Écriture en cours.

Les prochains livres et romans sont actuellement en cours d'écriture et de réalisation dans différents thèmes.

- Signatures.
- Carolina.
- Les portes rouges.
- La rose musicale.
- Galway.
- Kina.
- Le banc.
- L.C.S Les cinq sens.
- Macha, la déesse du futur.
- Les anges de la terreur
- L'amour du diable.
- La capuche.
- Le Noël de tous les temps
- Décembre.
- Flash.
- Sexe-moi.

EXTRAIT.

Une fois par semaine, la direction de l'établissement hôtelier de luxe 5 étoiles accorde à la gouvernante la possibilité de prendre congé le mercredi.

L'histoire commence. Quittant la Loire-Atlantique, dans la région Pays de la Loire. Hiver 1945, la Deuxième Guerre mondiale est terminée.

La surface de ce bloc de glace englobe tous ces pays mentionnés, ainsi que les sommets les plus élevés qui existent.

EXTRAIT 2.

Au milieu de cette immense pièce, un escalier en verre transparent vert bouteille facilite l'accès aux chambres et aux autres parties de l'appartement.

Le professeur soupire sans dire un mot et les sépare immédiatement de leur place.

Franck Simon.

Autoédition.